GEFANGENE DER LIEBE

Originaltitel.
"The Saint and The Sinner"

BARBARA CARTLAND

Barbara Cartland Ebooks Ltd

Diese Ausgabe © 2020

Copyright Cartland Promotions 1982

ISBN
9781782136514   PAPERBACK

Book design by M-Y Books
m-ybooks.co.uk

Inhalt

1.
1819

Pandora nähte den Bezug, den sie gewaschen und gebügelt hatte, wieder auf das Kissen und dachte sich, daß es wohl keine Farbe und kein Muster gab, die noch häßlicher waren.

Es war ein schmutziges Braun, verziert mit einem fast farblosen, blassen Grün.

Ihr Vater hatte oftmals gesagt, daß man Menschen nach den Farben beurteilen könnte, mit denen sie sich umgaben. Und diese Farben waren wirklich typisch für Tante Sophie.

Pandora stieß einen kleinen Seufzer aus, als sie daran dachte, wie unglücklich sie war, seit sie in dem Palast des Bischofs in Lindchester lebte.

Das Gebäude war groß, erdrückend und kalt und für Pandoras Geschmack außerordentlich häßlich. Diese Beschreibung paßte eigentlich auf das Leben, das sie führte, seit sie hier angekommen war.

Sie war so glücklich gewesen in dem kleinen Pfarrhaus in Chart mit dem Rosengarten und den Ställen, in denen die Pferde ihres Vaters standen - die Pferde, die ihre Mutter oft lachend als die wichtigsten Mitglieder der Familie bezeichnet hatte.

Ihr Vater hatte eigentlich niemals wirklich den Wunsch gehabt, Geistlicher zu werden, aber als dem dritten Sohn einer Pastorenfamilie war ihm keine andere Möglichkeit geblieben.

Es war ihm jedoch gelungen, sein Leben so einzurichten, daß er wenig Arbeit aber viel Zeit zum Reiten und Jagen hatte.

Den „Jagenden Pfarrer" nannten die Leute ihn und vergaßen dabei viel zu oft, daß er an jedem Sonntag auf der Kanzel stand und predigte. Sie schienen in ihm niemals den Pfarrer, sondern nur einen attraktiven und jovialen Mann zu sehen, den man sowohl im Jagdrevier als auch anderswo gerne zum Freund hatte.

Welch ein Vergnügen war es, in seiner Gesellschaft zu sein, dachte Pandora und bemühte sich, die Tränen zurückzuhalten, die im selben Augenblick ihren Blick trübten.

Sie hatte so viele verzweifelte Tränen vergossen, als sie von dem Unfall erfahren hatte, bei dem ihre Eltern ums Leben gekommen waren, daß sie hinterher glaubte, nie wieder weinen zu können.

Und doch fiel es ihr noch immer schwer, die Tränen zurückzuhalten, obwohl sie schon über ein Jahr im Haus ihres Onkels lebte. Alles um sie herum war so trostlos. Sie fühlte sich einsam und verlassen.

Ihre Eltern hatten einen wunderschönen Tag auf der anderen Seite der Grafschaft verbracht, und ihr Vater hatte einige neue, noch recht wilde Pferde ausprobiert.

Als die Dämmerung hereinbrach und beide schon recht müde waren, hatten sie sich in ihrer alten Kutsche auf den Heimweg gemacht.

Es war ein schöner, sonniger Tag gewesen; jetzt jedoch brach scharfer Frost herein.

Besorgt hatte Charles Stratton seine Frau gefragt: „Es sieht aus, als könnten wir den Rest der Woche nicht mehr jagen."

„Vielleicht bekommen wir Schnee", sagte seine Frau optimistisch.

„Das bezweifle ich", erwiderte er. „Ist dir auch wirklich warm, mein Liebling?"

„Ja, danke", antwortete sie und kuschelte sich an ihn.

Sie erreichten die Spitze eines Hügels, und Charles Stratton stellte fest, daß der Weg ein wenig vereist war, so daß er vorsichtig fahren mußte.

Er hielt die Pferde zurück und fuhr langsam weiter, als plötzlich nur wenige Meter vor ihnen ein Hirsch über den Zaun sprang und vor den Pferden über den Weg lief.

Die Pferde waren so erschrocken, daß sie in einen wilden, unkontrollierten Galopp verfielen. In halsbrecherischem Tempo rasten sie auf den Fluß am Fuße des Hügels zu.

Man hatte Pandora genau berichtet, was geschehen war: Die alte Kutsche war gegen die Brücke geschleudert worden, und ihr Vater und ihre Mutter waren über die steile Uferböschung in den Fluß geworfen worden.

Dabei hatte ihr Vater sich den Hals gebrochen. Ihre Mutter jedoch war bewußtlos, mit dem Gesicht nach unten, in den Fluß gefallen und dann ertrunken.

Pandora hatte sich oft vorgestellt, daß es besser für sie gewesen wäre, hätte sie zusammen mit ihren Eltern den Tod gefunden.

Als ihr Onkel, der Bischof, ihr mit offensichtlichem Widerwillen unter dem Deckmantel heuchlerischer Großmut eröffnet hatte, daß sie fortan mit ihm und seiner Frau im Palast leben sollte, dachte sie, daß es ihr in Zukunft unmöglich sein würde, jemals wieder zu lachen.

Und in der Tat hatte sie bei ihrem Onkel und ihrer Tante nichts zu lachen.

Sie waren zwar nicht körperlich grausam zu ihr, aber sie ließen sie sehr deutlich fühlen, wie sehr sie ihre Anwesenheit störte. Nichts konnte sie ihnen recht machen, an allem hatten sie etwas auszusetzen, egal, wie große Mühe Pandora sich auch gab.

Da sie jedoch ein intelligentes Mädchen war, wurde ihr nach einiger Zeit klar, daß es ihr Aussehen war, wodurch ihre Tante sich am meisten angegriffen fühlte.

Pandora ähnelte sehr ihrer Mutter. Ihr zartes Gesicht und ihre großen, blauen Augen standen in so krassem Gegensatz zu der plumpen Erscheinung ihrer Tante, daß sie sehr gut verstehen konnte, daß die bereits alternde Frau sie ablehnte.

Es gab unzählige Aufgaben für sie zu erledigen, und obwohl sie gutwillig alles tat, was man ihr auftrug, war ihre Tante doch niemals mit dem Ergebnis zufrieden.

Sicher würde auch an dem Kissen wieder etwas auszusetzen sein: entweder war es zu fest oder zu lose genäht, oder sie hatte es nicht sorgfältig genug gebügelt. Aller

Wahrscheinlichkeit nach würde sie es nun noch einmal machen müssen.

Erleichtert dachte sie daran, daß ihr Onkel und ihre Tante heute nach London fahren würden.

Sie hatten eine Einladung zu einem Gartenfest erhalten, das der Bischof von London in Lambeth Palace gab.

Jahr für Jahr sah ihre Tante diesem Ereignis erwartungsvoll entgegen. Und so war Pandora seit drei Wochen damit beschäftigt, die Garderobe ihrer Tante herzurichten. Sie brachte neue Spitzen an ihren Blusen an, verschönerte ihre Kleider mit Borten und Litzen und nahm unzählige Änderungen an dem Sonnenschirm vor, den die Tante tragen würde.

Aber was immer Tante Sophie auch anzog, mit ihrer massigen Figur sah sie doch gleichbleibend plump aus, und das war auch zweifellos einer der Gründe, warum sie während des Frühstücks mit unverhohlener Feindseligkeit auf Pandoras schlanke Figur gesehen hatte, die auch durch das einfache, schon fast puritanisch geschnittene Kleid, das sie trug, nicht zu verbergen war.

Wie gewöhnlich, war es während der Mahlzeit sehr schweigsam zugegangen, denn der Bischof liebte es nicht, während des Essens Gespräche zu führen.

Statt dessen hatte er „The Times" gelesen, die vor ihm auf einem silbernen Zeitungsständer stand.

Zwei Diener servierten die reichlichen Speisen in silbernen Schüsseln, und der Bischof und seine Frau stärkten sich für die ihnen bevorstehende Reise.

Pandora aß nur sehr wenig und wurde dann entlassen, indem ihr die Tante drei Listen gab. Die Seiten waren eng beschrieben.

„Diese Dinge wirst du erledigen, während ich fort bin, Pandora", sagte sie mit ihrer harten Stimme. „Es besteht kein Grund, daß du nachlässig und faul bist, nur weil dein Onkel und ich nicht hier sind. Du wirst sie Punkt für Punkt abhaken, sobald du sie erledigt hast. Ich werde nach meiner Rückkehr am Freitag alles genau inspizieren, und ich erwarte von dir, daß du bis dahin alles sorgfältig ausgeführt hast."

„Ich werde mein Bestes tun, Tante Sophie."

„Dann wollen wir hoffen, daß dein Bestes diesmal besser ist, als ich es bisher von dir gewohnt bin", erwiderte ihre Tante sarkastisch.

Pandora erhob sich, nahm die Listen, knickste und verließ den Raum.

Sobald sie die Tür hinter sich geschlossen hatte, rannte sie in den kleinen Wohnraum, in dem sie ihren Nähkorb und einige andere persönliche Dinge aufbewahrte.

Statt jedoch nun die Listen zu lesen, was man sicher von ihr erwartete, ging sie zum Fenster und sah hinaus. Mit einem Gefühl großer Freude dachte sie daran, daß sie nun frei war.

Drei ganze Tage würde sie kein Schimpfen hören, niemand würde ständig etwas an ihr auszusetzen haben, sie würde keine versteckten Anspielungen über ihren Vater und ihre Mutter hören müssen.

„Was werde ich alles tun? Wie kann ich meine Zeit am besten verbringen?" fragte sie sich, obwohl sie die Antwort sehr gut kannte.

Sobald ihr Onkel und ihre Tante das Haus verlassen hatten, würde sie nach Chart fahren, um mit den Menschen zu sprechen, die ihre Eltern gekannt und geliebt hatten.

Das Pfarrhaus würde sie jedoch nicht besuchen. Sie konnte es noch immer nicht ertragen, andere Leute in dem Haus wohnen zu sehen, das sie noch immer als ihr Zuhause betrachtete.

Aber es gab viele Menschen in Chart, die sie herzlich begrüßen und willkommen heißen würden, weil sie die Tochter ihres Vaters war und diese Menschen sie kannten, seit sie auf die Welt gekommen war.

Pandora legte gerade das Kissen an seinen Platz zurück und dachte darüber nach, wie häßlich es war, als sie hörte, wie jemand das Arbeitszimmer ihres Onkels betrat, das an den Wohnraum angrenzte.

Dann hörte sie die Stimme ihrer Tante.

„Bevor wir wegfahren, Augustus, mußt du Pandora noch sagen, daß sie auf keinen Fall in die Nähe von Chart Hall reiten darf."

„Ich habe gerade an Pandora gedacht", erwiderte der Onkel. „Ich hatte bisher noch keine Gelegenheit, dir zu erzählen, daß Prosper Witheridge mich gestern, bevor er seinen Vater besuchte, um Erlaubnis gebeten hat, ihr den Hof zu machen."

„Willst du damit sagen, daß er Pandora heiraten möchte?" fragte Mrs. Stratton ungläubig, als wäre sie selbst niemals auf einen solchen Gedanken gekommen.

„Er sagte, daß er eine tiefe Zuneigung zu ihr empfinden würde", entgegnete der Bischof. „Allerdings hat er, wie es sich ja auch gehört, noch nicht mit ihr darüber gesprochen, sondern er bat mich um meine Erlaubnis dafür."

„Ich muß sagen, daß ich ihn für intelligenter gehalten habe", sagte Mrs. Stratton spitz. „Aber was deine Nichte angeht, so sollte sie sehr dankbar sein, daß ein solcher Mann sie zur Frau begehrt."

„Pandora ist noch sehr jung", meinte der Bischof gedankenvoll. „Ich gebe zu, daß ich es lieber sehen würde, wenn sie noch eine Weile warten würde, ehe sie eine solche Verantwortung auf sich lädt, wie sie die Ehe nun einmal ist."

„Sie wird aber niemals ein besseres Angebot erhalten", antwortete Mrs. Stratton. „Sicher, Lord Witshaw hat zwei Söhne, die älter sind. Aber immerhin ist Prosper recht wohlhabend - ich glaube, er hat sogar ein beträchtliches Vermögen."

„Ich habe gar nicht so sehr an die gesellschaftliche Stellung gedacht", sagte der Bischof.

„Woran denn sonst?" fragte sie schnell und fügte nach einer kleinen Pause hinzu: „Wie kannst du deine Erlaubnis auch nur eine Sekunde lang verweigern? Das hast du doch getan, nicht wahr?"

„Ich habe ihm gesagt, daß ich darüber nachdenken werde", erwiderte der Bischof. „Ich werde ihn meine Antwort wissen lassen, sobald ich aus London zurück sein werde."

„Und diese Antwort wird 'Ja' sein, Augustus, ein unmißverständliches 'Ja'! Und ich kann dir versichern, daß es eine große Erleichterung für mich sein wird,

Pandora endlich loszuwerden. Ich kann nur hoffen, daß Prosper Witheridge stark genug ist, diese bedauerliche Widerspenstigkeit in ihr zu brechen, die sie zweifellos von der Familie ihrer Mutter geerbt hat - nicht von deiner."

Wieder entstand eine Pause, bevor Mrs. Stratton sagte: „Das erinnert mich daran, daß ich dich gebeten habe, Pandora zu verbieten, nach Chart zu gehen. Ich glaube nämlich, dieser Mann ist wieder da."

„Der Graf?"

„Wer denn sonst? Ich habe gehört, daß Seine Lordschaft vor zwei Tagen angekommen sei. Du weißt so gut wie ich, was das bedeutet."

„Und ob ich das weiß", antwortete der Bischof ernst. „Aber ich kann nichts dagegen tun. Wenn ich nur daran denke, in welcher Weise er mit mir gesprochen hat, als ich mich bei ihm beschwerte."

„Er ist eine Schande für seinen Namen als auch für die gesamte Nachbarschaft", bemerkte Mrs. Stratton empört. „Und in Lindchester wird man sich wieder begierig all die Geschichten erzählen über das, was in seinem Haus geschieht, welche Leute ihn besuchen und wie lange sie dort bleiben."

Sie gab einen Laut von sich, der Widerwillen und Entrüstung ausdrückte.

Dann fuhr sie mit leiser Stimme fort: „Lady Henderson hat mir erzählt, daß die Frauen, mit denen der Graf sich umgibt, nichts weiter als Dirnen und Komödiantinnen seien. Kein anständiger Mann würde es wagen, sich in Gesellschaft solcher Kreaturen zu zeigen."

„Lady Henderson sollte sich nicht selbst verunreinigen, indem sie von derartigem Abschaum spricht", sagte der Bischof unwillig. „Und ich hoffe, Sophie, daß du die Leute nicht auch noch ermunterst, Geschichten über die Vorkommnisse in Chart Hall zu verbreiten. Du weißt so gut wie ich, daß die meisten solcher Geschichten übertrieben sind und letztlich nur denen schaden, die sie sich anhören."

„Es dürfte sehr schwer sein, irgendetwas von dem, was man sich über den Grafen erzählt, auch noch zu übertreiben", erwiderte Mrs. Stratton. „Du mußt Pandora verbieten, in die Nähe von Chart zu gehen. Dir wird sie sicher eher gehorchen als mir."

„Ich werde es ihr sagen", versprach der Bischof. „Außerdem wird sicher auch Prosper Witheridge ein wenig auf sie achten können. Er kommt ja heute abend zurück."

„Je weniger er über Pandoras Verwandtschaft erfährt, desto besser. Er könnte sich sein Angebot, sie zu heiraten, sonst noch einmal überlegen", sagte Mrs. Stratton giftig, und dann hörte Pandora, wie sich die Tür des Arbeitszimmers hinter ihr schloß.

Bewegungslos hatte sie erlauscht, was die beiden im Nebenzimmer besprochen hatten.

Jetzt hörte sie ihren Onkel hin- und hergehen, als würde er diverse Papiere zusammensuchen. Dann wurde die Tür des Arbeitszimmers wieder geöffnet und geschlossen.

Jetzt erst bemerkte Pandora, daß sie während dieser ganzen Zeit kaum gewagt hatte zu atmen, so daß sie jetzt nach Luft schnappen mußte.

Prosper Witheridge! War es überhaupt möglich, sich ihn auch nur eine Sekunde lang als Ehemann vorzustellen?

Erst seit drei Monaten war er der Kaplan ihres Onkels. Instinktiv hatte sie vom ersten Augenblick an gespürt, daß die Art und Weise, in der er sie ansah, nicht wie die eines Mannes war, der sein Leben dem Dienst Gottes gewidmet hatte. Daher war sie jeder Möglichkeit, ihm zu begegnen, aus dem Weg gegangen.

Und jetzt, wenn es nach dem Willen ihrer Tante ging, würde sie diesen Mann sogar heiraten müssen. Schon der Gedanke daran verursachte ihr eine Gänsehaut.

Sie war sich der Tatsache wohl bewußt, daß sie erst achtzehn Jahre alt und ihr Onkel ihr Vormund war. Es würde mehr als schwierig sein, sich einer seiner Entscheidungen zu widersetzen, die er für ihre Zukunft traf.

Aber Prosper Witheridge!

„Ich kann ihn nicht heiraten ... ich kann es nicht!" stöhnte sie auf. „Ich hasse ihn! Etwas an ihm stößt mich ab, er ist mir so widerwärtig, wie vorher noch kein anderer Mensch, dem ich begegnet bin!"

Aber sie wußte, daß es für sie fast unmöglich sein würde, eine Heirat zu verhindern, wenn erst ihr Onkel seinen Segen zur Verlobung gegeben hatte.

„Ich hasse ihn! Ich hasse ihn!" sagte sie immer wieder.

Es schüttelte sie bei dem Gedanken an die Blicke, die er ihr immer zuwarf, und an seine ständig feuchten und heißen Hände.

Plötzlich erschien ihr der Palast wie ein Gefängnis, in das man sie gesperrt hatte. Und wenn sie es tatsächlich als die Frau von Prosper Witheridge verlassen würde, dann

11

bedeutete dies, daß sie ein großes Gefängnis mit einem kleinen tauschen würde. Dann würde sie nie wieder frei sein können.

„Ich kann es nicht ertragen!" stieß sie atemlos hervor.

Sie hörte ihre Tante nach ihr rufen.

Als sie in die Halle hinauslief, waren Tante und Onkel bereits reisefertig. Die Diener beeilten sich, das Gepäck hinauszutragen und in der Kutsche zu verstauen.

„Wo bist du denn gewesen, du lästiges Mädchen?" fragte Mrs. Stratton. „Niemals bist du da, wenn man dich braucht. Du hast doch sehr wohl gewußt, daß dein Onkel und ich um elf Uhr abfahren wollten."

„Es tut mir leid, Tante Sophie, aber ich habe vergessen, auf die Zeit zu achten", sagte Pandora freundlich.

„Vergessen! Vergessen! Das ist alles, was du kannst. Aber ich habe dir ja schon oft gesagt, daß du einen Kopf wie ein Sieb hast. Jetzt sei wenigstens so freundlich und benimm dich, während wir nicht hier sind. Mrs. Norris wird hier im Palast schlafen. Aber sie kann nicht vor sechs Uhr abends hier sein, so daß du selbst auf dich aufpassen mußt, bis sie kommt."

„Ja, Tante Sophie."

„Dein Onkel hat dir noch etwas zu sagen." Mrs. Stratton warf ihrem Gatten einen bedeutungsvollen Blick zu.

„Ja, ja, natürlich", sagte der Bischof, als hätte er es bereits vergessen. „Ich wünsche nicht, daß du während unserer Abwesenheit in die Nähe von Chart reitest. Hast du mich verstanden?"

„Ja, Onkel Augustus."

„Dann denke freundlicherweise auch an die Worte deines Onkels", mahnte Mrs. Stratton. „Wenn du ungehorsam bist, Pandora, wirst du nach unserer Rückkehr unerbittlich dafür bestraft werden."

„Ja, Tante Sophie."

Dann entschwebte Mrs. Stratton durch die Tür zur Reisekutsche des Bischofs.

Es war ein sehr eindrucksvolles Gefährt. An jeder Tür befand sich das Wappen. Die Diener und der Kutscher waren in eindrucksvolle Livreen gekleidet. Vier Diener begleiteten sie auf der Reise. Sie fuhren auf den Außensitzen der Kutsche mit.

Als der Bischof mit Pandora die Stufen hinabstieg, sagte er leise: „Versuche deine Tante zufriedenzustellen, mein Kind, und tu nichts Unrechtes, während wir fort sind!"

„Ich werde es versuchen, Onkel Augustus."

Für einen kurzen Augenblick ruhte der Blick des Bischofs fast wohlwollend auf seiner Nichte. Die Sonne schien sich in ihrem Haar und in ihren blauen Augen zu spiegeln.

Aus dem Innern der Kutsche ertönte ungeduldig die Stimme der Tante: „Augustus! Wir sollten schon längst auf dem Weg sein!"

„Ja, natürlich, meine Liebe."

Der Bischof stieg ein, einer der Diener schloß die Tür, die Kutsche setzte sich in Bewegung. Es fehlt nur noch, daß eine Trompetenfanfare ertönt, dachte Pandora. Sie sah ihnen nach, wie sie den schmalen Weg entlangfuhren, der auf die Hauptstraße führte, und dann ging sie zurück ins Haus.

Beide waren fort.

Sie war frei. Aber die Freude, die sie eigentlich bei diesem Gedanken empfand, war getrübt durch das, was sie kurz zuvor gehört hatte.

Ohne darauf zu achten, wohin ihre Füße sie trugen, ging sie in das Arbeitszimmer ihres Onkels.

Es wäre ein sehr schöner Raum, wenn ihre Tante ihn nicht so abscheulich ausgestattet hätte mit den senffarbenen Vorhängen und dem Teppich, dessen Farben sich in verschiedenen Brauntönen erschöpften.

Der Raum wirkte karg ohne eine einzige Blume. Nicht ein Farbfleck hellte die Dumpfheit auf.

Pandora betrachtete den Schreibtisch ihres Onkels, auf dem unzählige Papiere und Schriftstücke lagen, alle fein säuberlich aufgestapelt. Ihr kam der Gedanke, daß sie sicherlich unter dem Kennwort registriert war: „Pandora Stratton - Nichte und Wohlfahrtsobjekt."

Wenn ich nur ein wenig Geld hätte, dachte sie, würde ich nach London gehen, mir Arbeit suchen und mich unabhängig machen.

Diese Idee jedoch war so revolutionär und so undurchführbar, als wollte sie auf den Mond fliegen oder auf dem Meeresboden leben.

Das bißchen Geld, das ihr Vater ihr hinterlassen hatte, befand sich im Gewahrsam ihres Onkels. Sie war sicher, daß es für ihre Aussteuer sowie für die Mitgift im Falle einer Heirat verwendet werden sollte.

Ihrer Heirat!

Der Gedanke daran schien sie wie ein Messer zu durchbohren.

„Was kann ich nur tun? Oh, Papa, sag' mir, was ich tun soll", bat sie laut.

Sie wußte, daß ihr Vater und ihre Mutter sie niemals gegen ihren Willen zu einer Heirat gezwungen hätten.

Die beiden hatten gegen den Willen der Familie Chart geheiratet, die entsetzt darüber gewesen war, daß eines ihrer Mitglieder einen mittellosen und in ihren Augen so unwichtigen Mann wie einen Pfarrer heiraten konnte.

Als sie Charles Stratton später jedoch kennenlernten, hatten die meisten es verstanden, erzählte Lady Eveline später ihrer Tochter.

„Dein Vater war ein gutaussehender, attraktiver und glücklicher Mensch", sagte sie. „Ich glaube, meine Tanten und meine Cousinen, ja selbst meine Großmutter, die ihn auch abgelehnt hatte, haben sich alle in ihn verliebt." Das hieß jedoch nicht - und Pandora wußte dies sehr wohl - daß sie auch ihre gesellschaftliche Stellung geopfert hätten, um, wie ihre Mutter es getan hatte, in einem kleinen Pfarrhaus zu leben und auch mit wenig Geld glücklich zu sein.

„Hast du es jemals bereut, Papa geheiratet zu haben?" hatte Pandora ihre Mutter eines Tages gefragt.

Die jedoch hatte nur gelacht.

„Sehe ich denn so aus, als hätte ich es jemals bereut, die glücklichste Frau der Welt geworden zu sein?" hatte sie entgegnet. „Ich verehre deinen Vater, und er verehrt mich.

Aber was noch wichtiger ist: wir haben eine wunderbare Tochter. Kann sich eine Frau denn mehr wünschen?"

Es schien ihrer Mutter auch niemals etwas auszumachen, daß sie viele Dinge nicht mehr tun konnte, an die sie seit ihrer Kindheit gewöhnt war.

Niemals war die Rede davon, nach London zu gehen, um an den vielen Bällen und Festlichkeiten während der Saison teilzunehmen. Auch die Einladungen, die gelegentlich vom Prinzregenten eintrafen, wurden niemals angenommen.

Statt dessen war ihre Mutter zufrieden damit, das kleine Pfarrhaus für ihren Mann herzurichten und gemütlich zu machen. Jeder Pfennig wurde gespart, damit sie es sich ermöglichen konnten, gemeinsam im Sommer zu reiten und im Winter zu jagen.

In gewisser Weise war es gar nicht so widersinnig, daß die Pferde, die ihr Vater so geliebt hatte, für ihren tragischen Tod verantwortlich waren.

Selbst in ihrer tiefen Trauer dachte Pandora manchmal, daß es das Beste für ihre Eltern gewesen sei, gemeinsam zu sterben, denn keiner von beiden wäre imstande gewesen, ohne den anderen weiterzuleben.

Eine solche Ehe wollte Pandora auch führen. Wie sollte sie in der Lage sein, nachdem sie ein so glückliches Paar gesehen hatte, sich auch nur vorzustellen, mit einem Mann wie Prosper Witheridge verheiratet zu werden?

Nicht genug, daß er ihr körperlich so zuwider war, er war außerdem anmaßend und scheinheilig, und hatte, genau wie ihre Tante, den Hang, alles und jeden zu kritisieren, sobald sich eine Gelegenheit dazu ergab.

Ihr Vater dagegen war ein außergewöhnlich toleranter Mensch gewesen. Immer hatte er Verständnis für die Fehler der anderen gezeigt.

„Sie tun ihr Bestes", pflegte er zu sagen, wenn jemand kritisiert wurde, oder: „Wir müssen ihnen eine Chance geben. Die Menschen können nur so viel geben, wie ihnen zur Verfügung steht. Ich bin sicher, daß wir oftmals zu viel von ihnen verlangen."

Prosper Witheridge würde niemals in dieser Weise denken, und Pandora war davon überzeugt, daß auch er fleißig über die Festlichkeiten, die in Chart Hall stattfanden, herzog.

Niemand im Palast des Bischofs dachte jemals daran, wie sehr es sie verletzte, wenn man den Mann in Verruf brachte, der ihr Cousin war.

Mochte er auch wirklich so schlecht sein, wie man es von ihm erzählte, so war sie doch der Meinung, daß es taktvoller wäre, mit Verleumdungen in ihrer Gegenwart zurückzuhalten.

Sie hatte den jetzigen Grafen von Chartwood niemals kennengelernt. Ihr Großvater, der vierte Graf, war zwei Monate nach dem Tode ihrer Eltern verstorben.

Er war schon alt und kränkelte bereits seit einiger Zeit, und Pandora wußte, daß er seinen voraussichtlichen Erben aus tiefstem Herzen haßte und ihm niemals gestattet hatte, nach Chart Hall zu kommen.

Seine Verbitterung war insofern verständlich, als die beiden Brüder von Pandoras Mutter im Krieg gefallen waren.

Der Jüngere war erst sechzehn, als er in der Schlacht am Nil getötet wurde, in der Nelson einen hervorragenden Sieg über die französische Flotte errang.

Der ältere Sohn, dem Pandora besonders zugetan war, kam bei Waterloo ums Leben.

Es war nicht nur der Verlust der Söhne, der den Vater zerbrach. Es war vor allem auch der Gedanke daran, daß der Titel und das Gut nun, nachdem auch die Tochter tot war, an einen obskuren Cousin übergehen sollten, für den er niemals auch nur ein geringes Interesse gezeigt hatte.

Es war wie ein Dorfbewohner einmal zu Pandora gesagt hatte: „Nachdem deine Mutter von uns gegangen war, hat sich Seine Lordschaft mit dem Gesicht zur Wand gedreht und alles Leben schien ihn verlassen zu haben."

Pandora konnte das gut verstehen. Es war ihr ja ebenso ergangen. Aber es schmerzte sie doch sehr, als sie erfuhr, daß der fünfte Graf von Chartwood sich so sehr von seinen beiden Cousins unterschied.

Gerüchte über seine Extravaganzen, seine wilden Feste und die hohen Pferdewetten erreichten Lindchester. Sein Benehmen mußte so unerhört und außergewöhnlich sein, daß man sich in Pandoras Gegenwart nur flüsternd darüber unterhielt.

Kurz nachdem er seine Erbschaft angetreten hatte, war der neue Graf nach Chart Hall gekommen, und Pandora hatte im Innern ihres Herzens gehofft, daß er sie einladen würde, um sie kennenzulernen.

Es gab genügend Leute im Haus und auf dem Gut, die ihm Auskunft darüber hätten geben können, wo sie jetzt lebte. Statt dessen jedoch hörte sie lediglich Gerüchte über Orgien, die zu Weihnachten im Hause des Grafen stattgefunden haben sollten.

Der Klatsch blühte in der ganzen Grafschaft.

Man sprach kaum noch von etwas anderem, bis er zwei Monate später wiederkam. Die Familien in der Grafschaft, die eigentlich vorgehabt hatten, ihm einen Begrüßungsbesuch abzustatten, waren jetzt jedoch so aufgebracht, daß sie Abstand davon nahmen.

Immer, wenn Pandora seither mit den Leuten im Dorf sprach, bemerkte sie, daß alle von Veränderungen sprachen. Ihre Augen waren voller Furcht, wenn sie den Grafen erwähnten.

Ihre Tante sprach in ganz eindeutiger Weise über ihn, und Pandora hatte erfahren, daß ihr Onkel ihm einen offiziellen Besuch abgestattet hatte, um unter anderem mit ihm über gewisse Arbeiten zu sprechen, die auf dem Gut getan werden mußten.

Wütend und beleidigt war er zurückgekommen.

„Ich kann mich nicht erinnern, daß man mich jemals in dieser Weise beleidigt hat", berichtete er.

Aber es war ihm nicht möglich, genau zu erzählen, was eigentlich geschehen war. Aus seinen Erzählungen konnte Pandora lediglich entnehmen, daß der Graf über jeden Vorschlag ihres Onkels gespottet hatte.

Es war jetzt Juni, und Pandora nahm an, daß der Prinzregent London verlassen und sich nach Brighton begeben hatte.

Daher war es wahrscheinlich, daß auch der Graf von Chartwood seine Stadtwohnung verschlossen hatte und auf seinen Landsitz gezogen war, wie wohl auch die meisten seiner Freunde.

Ohne Zweifel würde auch diesmal der Klatsch wieder aufblühen. Begierig würde man jeder Geschichte über den Grafen lauschen, um sie dann bei jeder sich bietenden Gelegenheit weiterzuerzählen.

Und wieder würde Pandora darunter leiden. Jede Verunglimpfung des Grafen empfand sie als eine Beschmutzung des Namens, den auch einmal ihre Mutter getragen hatte.

Die Familie Chart hatte einmal eine große Rolle in der Geschichte Englands gespielt.

Es hatte Charts gegeben, die unter Charles I. zu den Royalisten zählten, Charts, die mit dem Herzog von Marlborough bei Blenheim gekämpft oder die in Indien und in anderen Teilen der Welt wichtige Rollen gespielt hatten.

Es war Pandora, als würde das Blut ihrer Vorfahren in ihren Adern aufschreien und sich dagegen aufbäumen, daß der neue Graf den Schlingen und Pfeilen ausgesetzt war, die diese unwichtigen, kleinen Menschen von Lindchester gegen ihn verwandten. Es machte ihnen Freude, ihn und seinen Namen zu verunglimpfen.

„Ich frage mich, wie er wohl in Wirklichkeit ist?" sagte sie sich.

Sehr deutlich hatte sie noch die Stimme ihrer Tante im Ohr, als diese sagte: „Der Graf umgibt sich nur mit Dirnen und Komödiantinnen. Kein anständiger Mann würde es wagen, sich in Gesellschaft solcher Kreaturen zu zeigen."

Kein anständiger Mann ...

Diese Worte prägten sich Pandora ein, und plötzlich kam ihr der Gedanke, daß dies unter Umständen ein Fluchtweg für sie sein konnte.

Sie ging zum Fenster und sah in den Garten hinaus, der so pedantisch angelegt und ordentlich war, daß er jedes Mal ein wenig unnatürlich auf sie wirkte.

Vor ihrem geistigen Auge sah sie den grünen Rasen in Chart, den Kräutergarten, der von elisabethanischen Mauern umsäumt war, den Rosengarten und die von bunten Blumen umgebene Sonnenuhr.

Das Heimweh überkam sie so plötzlich, daß sie es körperlich schmerzte.

Und dann kam ihr wieder diese Idee in den Sinn, so deutlich und klar erschien es ihr, als hätte sie endlich das fehlende Stück zu einem Puzzle gefunden, nach dem sie lange gesucht hatte.

Sie setzte sich an den Schreibtisch ihres Onkels, was sie niemals gewagt hätte, wäre er im Haus gewesen, und schrieb einen Brief auf seinem persönlichen Papier.

Nachdem sie ihn zusammengefaltet hatte, verschloß sie ihn mit einem Siegel und ging dann in das kleine Zimmer, das sie im zweiten Stock des Palastes bewohnte.

Sie läutete nach einer Magd. Dann gab sie dieser einige Anweisungen, und ihre Stimme klang dabei so ruhig und gelassen, daß es sie selbst erstaunte.

Eine Stunde später fuhr Pandora in einer der Kutschen vom Palast fort, die sie und ihre Tante oft benutzten, wenn sie den Familien in der Nachbarschaft Besuche abstatteten.

Der alte Kutscher sah sie überrascht an, als sie ihm ihr Ziel nannte, aber er war schon zu lange im Dienst des Bischofs, als daß er einer Anordnung, die ihm gegeben wurde, widersprochen hätte.

Pandora setzte sich in die offene Kutsche und achtete besorgt darauf, daß die kleine Kiste mit ihren Kleidern auch gut verstaut wurde.

Zuerst fuhren sie über die alte Brücke, die den Fluß überquerte. Sie stammte noch aus der Zeit der Normannen.

Dann fuhren sie über das offene Land, vorbei an den riesigen Kornfeldern, hinter welchen sich die großen Wälder befanden, in denen ihr Vater zu jagen pflegte.

Seit Pandora bei ihrem Onkel lebte, war es ihr niemals mehr gestattet worden, an einer Jagd teilzunehmen. Man hatte eines der Pferde ihres Vaters behalten, auf dem sie reiten durfte, den Rest hatte ihr Onkel verkauft. Sie wußte, daß es ein großes Entgegenkommen bedeutete, wenn man ihr erlaubte, dieses Pferd zu behalten. Ihre Tante benutzte diese Tatsache auch immer als Drohung, wenn sie sich über Pandora ärgerte. Als Strafe drohte sie damit, ihr auch dieses letzte Pferd zu nehmen.

Sie konnte sich jetzt ein leichtes Lächeln nicht verkneifen, als sie darüber nachdachte, daß sie eigentlich das Verbot ihres Onkels befolgte. Er hatte es ihr untersagt, nach Chart zu reiten. Nun, sie ritt nicht, sie fuhr in der Kutsche nach Chart Hall.

Sollte ihr Ausflug erfolglos sein und sie unverrichteter Dinge wieder zurückkehren, sagte sie sich, würde niemand davon erfahren, außer der Dienerschaft. Die Diener jedoch mochten sie gut leiden, haßten jedoch ihre Tante. Daher war es unwahrscheinlich, daß sie sie verraten würden.

Sie befanden sich jetzt bereits über drei Meilen außerhalb der Stadt. Pandora kannte diese ruhige, wunderschöne Landschaft schon seit ihrer Kindheit.

Die Wälder waren noch dichter als anderswo, und sie erinnerte sich daran, wie gerne sie als Kind darin herumgestrolcht war. Später pflegte sie ausgedehnte Reitausflüge dorthin zu unternehmen.

Sie sah die vielen Bäche und Ströme, die sich durch die Landschaft wanden und in denen ihr Vater die großen Forellen fing, die sie so gerne zum Frühstück verspeisten.

Auf jedem Zentimeter ihres Weges kamen die Erinnerungen zurück. Schließlich erreichten sie das Dorf mit seinen schwarzen und weißen Hütten und den Strohdächern.

Alle Gärten waren mit wunderschönen bunten Blumen bepflanzt, und Pandora erinnerte sich daran, daß es die Idee ihrer Mutter gewesen war, einen Preis für den schönsten blühenden Garten in jedem Jahr auszusetzen. Sie wollte damit erreichen, daß die Bewohner ihr Dorf zu dem schönsten in der ganzen Grafschaft machten.

Pandora kannte die Bewohner aller Häuser, an denen sie vorbeifuhren. Zu dieser Tageszeit jedoch waren die Männer auf den Feldern und die meisten der Frauen arbeiteten im Schloß.

Zur Zeit ihres Großvaters waren sie in der Küche, der Wäscherei und der Meierei angestellt.

Sie erinnerte sich an die großen Schüsseln mit der dicken Creme, aus der die Butter hergestellt und die dann mit der Krone von Chart versehen wurde.

Wie gerne hatte sie den Mägden bei ihrer Arbeit zugesehen. Oftmals hatte sie gebeten, ihnen helfen zu dürfen, hatte es dann aber doch bald als sehr ermüdend empfunden, die Creme zu rühren, bis sie zu Butter geworden war.

Jetzt konnte sie das Schloß sehen.

Es war seit jeher ein sehr eindrucksvoller Anblick gewesen. Ganz besonders schön sah es jedoch im Sommer aus. Die vielen großen, grünen Bäume, die es umgaben, wirkten aus der Ferne wie kostbare Juwelen.

Das Grau der Steine leuchtete hinter den Bäumen hervor, und die Schornsteine, die Figuren und Urnen auf dem Dach hoben sich gegen den Himmel ab.

Dieser Anblick war so majestätisch und eindrucksvoll, daß es keiner Worte bedurfte, um die Größe und Wichtigkeit der Familie zu beschreiben, die darin wohnte.

In jeder Generation der Chart-Familie hatte man den Bau noch erweitert, der während der Regierungszeit von Königin Elisabeth entstanden war.

„Ich liebe Chart!" rief Pandora aus.

Es war ein Teil ihres Lebens.

Dort war der See, auf dem ihr Vater mit ihr in einem Boot zwischen den Wasserlilien umhergefahren war, und auf den weiten, abschüssigen Wiesen, die ihn umgaben, hatte sie als kleines Kind Purzelbäume geschlagen und vor Aufregung und Vergnügen gejauchzt.

Hinter dem Haus befanden sich die Büsche, zwischen denen sie Verstecken gespielt hatte, und die Gewächshäuser, in denen die Pfirsiche so groß wurden, daß es ihr schwergefallen war, sie in ihren kleinen Händen zu halten.

„Wenn wenigstens Onkel George bei Waterloo nicht getötet worden wäre", flüsterte sie voller Bedauern.

Er war ihrer Mutter sehr ähnlich gewesen und hätte es niemals zugelassen, daß sie bei den Verwandten ihres Vaters leben mußte, die sie niemals gemocht hatten.

Die Kutsche hielt jetzt vor den vielen Stufen, die zum Hauptportal hinaufführten.

Ein Diener, den Pandora jedoch nicht kannte, eilte herbei, um die Tür zu öffnen, und sie stieg aus.

Es war ihr, als würde sie heimkehren, als sie in die riesige Halle eintrat, in deren Alkoven Statuen der griechischen Gottheiten standen. Die Decke, das Werk eines italienischen Meisters, bot ein prächtiges Farbenspiel.

Ein ihr fremder Butler mit einem hochnäsigen Ausdruck im Gesicht wartete darauf, daß sie etwas sagte.

„Ich möchte den Grafen von Chartwood sprechen", verlangte Pandora.

Es verwirrte sie, als sie feststellte, daß sie keinen der Diener kannte. Sie hatte erwartet, den alten Burrows wiederzusehen und die Diener und Knechte, die schon als Jungen im Dorf waren und im Chor gesungen hatten.

Der Butler fragte nicht einmal nach ihrem Namen, sondern warf ihr nur einen geringschätzigen Blick zu, bevor er durch die Halle schritt und die Tür zum Morgenzimmer öffnete.

Pandora wartete, aber zu ihrer Überraschung bat der Butler sie nicht, einzutreten, sondern ging selbst hinein und ließ sie in der Halle zurück.

Sie hörte ihn sagen: „Eine Dame wünscht Sie zu sprechen, Mylord."

„Noch eine?" antwortete die Stimme. „Großer Gott, Dalton, wer kann es denn jetzt wieder sein?"

„Ich habe keine Ahnung, Mylord."

„Noch so eine kleine Biene, die um den Honigtopf schwirrt, nehme ich an. Sie riechen es, ja, so ist es, Dalton, sie riechen den Honig, wo immer er auch versteckt sein mag."

„Wie Sie meinen, Mylord."

„Nun gut, führen Sie sie herein, aber Gott ist mein Zeuge, daß ich sie nicht eingeladen habe."

Der Butler kehrte zu Pandora zurück, die erstaunt und ein wenig erschrocken über das soeben Gehörte noch immer auf demselben Fleck stand.

Zu spät wünschte sie, daß sie niemals hergekommen wäre. Aber jetzt blieb ihr keine andere Wahl, als der schon beinahe befehlenden Geste des Butlers Folge zu leisten.

Sie trat in das Zimmer ein und automatisch richtete sie sich ein wenig auf und hob das Kinn in die Höhe.

Ein kurzer Blick sagte ihr, daß seit der Zeit ihres Großvaters nichts verändert worden war.

Die Sonne schien durch die drei riesigen Fenster hinein, so daß sie für einen kurzen Augenblick geblendet war und nicht erkennen konnte, wer sich in dem Zimmer befand.

Dann erblickte sie ihn.

Er saß in dem großen Lehnstuhl, den ihr Großvater ohne Ausnahme zu benutzen pflegte. Ein Bein hatte er über die Armlehne gehängt, das andere weit von sich gestreckt.

In der Hand hielt er ein Glas. Pandora fiel es schwer, ihren Blick auf sein Gesicht zu konzentrieren.

Dann jedoch erkannte sie, daß er zweifellos ein Chart war. Er hatte die gleichen blauen Augen wie sie, nur daß sie ein wenig dunkler und härter waren. Seine Augenbrauen waren dunkel wie sein Haar und schienen über der Nase fast zusammenzuwachsen.

Es gab blonde Charts und dunkle Charts, und von den dunklen sagte man, daß sie gefährlich und abenteuerlustig waren.

„Dein Haar hat die falsche Farbe, das ist es", pflegte das Kindermädchen zu sagen, wenn sie etwas Ungezogenes angestellt hatte. „Du hast blondes Haar, und daher mußt du auch gut sein, vergiß das niemals."

Das Haar des neuen Grafen war sehr dunkel, er wirkte ein wenig verwildert, was noch durch die Krawatte unterstrichen wurde, die lose um seinen Hals hing.

Pandora stellte fest, daß er gerade vom Reiten zurückgekommen sein mußte, denn er trug noch immer die staubigen Reitstiefel.

Pandora merkte gar nicht, daß sie ihn schon eine ganze Weile wortlos angestarrt hatte. Dann sagte er mit spöttischer Stimme: „Nun, wer sind Sie und was wollen Sie?"

Pandora knickste.

„Ich bin Ihre Cousine, Pandora Stratton", erwiderte sie, „und ich bin gekommen, um Sie um Hilfe zu bitten."

Erstaunt sah er sie an, machte jedoch keinerlei Anstalten, sich zu erheben.

„Pandora Stratton", wiederholte er. „Und Sie sagen, daß Sie meine Cousine sind?"

„Eine entfernte Cousine, aber der verstorbene Graf war mein Großvater."

Der Graf warf den Kopf zurück und lachte. „Ihr Großvater? Nun, Gott sei Dank, sind Sie ihm nicht ähnlich. Aber ich bin wirklich überrascht, Sie zu sehen, Cousine Pandora. Ich war überzeugt davon, daß ich von allen meinen Verwandten geächtet wäre."

„Sind Sie das denn?" fragte Pandora. „Ich hatte keine Ahnung davon."

„Dann leben Sie aber sehr abgeschieden", antwortete der Graf mit einem höhnischen Lächeln. Dann fügte er hinzu: „Nein, natürlich. Jetzt weiß ich. Stratton - Sie haben mit diesem scheinheiligen, Psalmen singenden Bischof zu tun, der mich bei meinem letzten Aufenthalt hier besucht hat."

„Er ist mein Onkel."

„Dann kann ich Ihnen nur mein Bedauern aussprechen."

„Ich bedauere mich selbst."

Zum ersten Mal lächelte er, was seinem Gesicht einen völlig anderen Ausdruck verlieh.

„Ich vermute, daß Sie mir davon erzählen wollen", sagte er. „Wenn Sie mich jedoch bitten wollen, für die Armen, Kranken und Verkrüppelten von Lindchester zu spenden, dann können Sie sich Ihre Worte sparen."

„Ich will nicht um Hilfe für diese Leute bitten", erwiderte Pandora, „obwohl man Ihnen zweifellos sehr dankbar dafür wäre. Ich möchte Sie bitten, mir zu helfen."

Während sie sprach, setzte sie sich in den Stuhl, der dem Grafen gegenüberstand.

Er starrte sie an, und sie hatte den Eindruck, als würde er jeden Zentimeter ihres schmucklosen Kleides betrachten sowie ihren Hut, dessen einzige Verzierung die Bänder waren, mit denen er unter ihrem Kinn gehalten wurde.

„Ich glaube, Sie haben ein wenig Ähnlichkeit mit all diesen karamellfarbenen Vorfahren, deren Bilder an den Wänden hängen", sagte er.

„Und ich nehme an, daß Sie wissen, daß es blonde und dunkle Charts gibt", entgegnete Pandora. „Sie repräsentieren die eine, ich repräsentiere die andere Gruppe."

„Und was ist der Unterschied?"

„Die einen sind gut, die anderen schlecht."

Der Graf lachte wieder. „Nun, das macht die Dinge in gewisser Weise sehr einfach. Ich für meinen Teil bemühe mich, den Erwartungen zu entsprechen, die man an mich stellt. Nun - Sie sagen, daß Sie meine Hilfe benötigen? Was ist denn geschehen, daß der Heilige zum Sünder kommt?"

Pandora mußte lachen, ob sie wollte oder nicht. Dann sagte sie ernsthaft: „Ich bin zu Ihnen gekommen, Cousin Norvin, weil Sie die einzige Person sind, die mich - glaube ich - retten kann."

„Ich hoffe nur, daß Sie nicht von Ihrer Seele sprechen", bemerkte der Graf.

„Ich spreche von meinem Leben ... oder besser gesagt ... von meiner Zukunft", erwiderte Pandora. „Sehen Sie, mein Onkel, der Bischof, will, daß ich seinen Kaplan, Prosper Witheridge, ... heiraten soll."

„Und was, glauben Sie, kann ich dagegen tun?" fragte der Graf erstaunt.

Plötzlich überkam Pandora eine Scheu, sie senkte den Blick. Nach einer kleinen Weile sagte sie leise: „Ich möchte Sie bitten, mich einzuladen ... für eine oder ... zwei Nächte ... hierzubleiben."

Nachdem sie gesprochen hatte, herrschte absolute Stille. Dann sagte der Graf: „Ich bin vielleicht ein wenig schwer von Begriff, aber ich kann beim besten Willen nicht verstehen, was Sie mir da vorschlagen."

Pandora holte tief Luft. „Ich hoffe, daß das was ich Ihnen sagen will ... Sie nicht erzürnt."

„Spielt das denn eine Rolle?"

„Es ... könnte Sie ... davon abhalten ... mitfühlend und verständnisvoll zu sein."

„Das sind zwei Eigenschaften, die mir bedauerlicherweise fehlen", erwiderte der Graf. „Aber ich möchte doch gerne wissen, was Sie eigentlich bezwecken."

Wieder holte Pandora tief Luft. „Mein Onkel und meine Tante sind zu einem Gartenfest nach London gefahren, das der Bischof von London veranstaltet."

„Da tun sie mir wirklich leid", spottete der Graf. „Ein Pastor ist genug, aber eine ganze Ansammlung von Ihnen stellt gewiß auch die Geduld eines Heiligen auf eine harte Probe."

Pandora lächelte über seine Worte, fuhr dann aber fort: „Bevor sie das Haus verließen, hörte ich, wie mein Onkel sagte, daß dieser Kaplan ihn darum gebeten hat, mir den Hof machen zu dürfen. Meine Tante bestand darauf, daß mein Onkel seine Erlaubnis geben sollte, und daß ich - Mr. Witheridge heiraten soll."

„Und das wollen Sie nicht?"

„Er ist widerlich!" rief Pandora aus. „Ich verabscheue ihn! Ich würde alles tun, nur um nicht seine Frau zu werden!"

„Sogar zu mir kommen und mich um Hilfe bitten", warf der Graf zynisch ein.

„Ich hätte sie sowieso gerne einmal kennengelernt", gab Pandora zur Antwort. „Schließlich leben Sie hier in Chart, das ich seit meiner Kindheit kenne. Ich liebe das Schloß, und ich liebe das Dorf, in dem ich aufgewachsen bin."

Der Graf hörte das leichte Zittern in ihrer Stimme.

„Nun erzählen Sie Ihre Geschichte weiter", sagte er. „Ich verstehe immer noch nicht, was ich damit zu tun habe."

Pandora sah ihn verlegen an. Die Röte stieg ihr ins Gesicht, als sie fortfuhr: „Meine Tante erzählte, daß sie gehört hätte ... die Frauen, die hier bei Ihnen sind, seien nichts weiter als Dirnen ... ich weiß zwar nicht genau, was das bedeutet ... und Komödiantinnen, und daß kein ... anständiger Mann es wagen würde, sich in ... dieser Gesellschaft in der Öffentlichkeit zu zeigen."

Sie wagte nicht, den Grafen anzusehen, während sie weitersprach: „Ich ... ich dachte ... wenn ich ein paar Tage

... hierbleiben würde ... daß Mr. Witheridge mich dann nicht mehr heiraten möchte."

Einen Augenblick lang herrschte völlige Stille, dann brach der Graf in dröhnendes Gelächter aus.

Er lachte so lange, bis er einen Hustenanfall bekam. Dann richtete er sich zum ersten Mal im Sessel auf und nahm sein Bein von der Lehne. Er sagte: „Ich kann Ihre Schlußfolgerung verstehen. Mein Gott! Soll das ein Witz sein? Dann ist es der komischste Witz, den ich jemals gehört habe. Sie kommen zu mir - ausgerechnet zu mir - um sich vor den Annäherungsversuchen eines Pfarrers zu retten."

Während er sprach, hatte er sich aus dem Sessel erhoben und ging quer durch das Zimmer. Aus einem großen Punschtopf, der auf dem Tisch stand, füllte er sein Glas aufs Neue. Dann sagte er: „Ich fürchte, daß ich entsetzlich ungastlich war, weil ich Ihnen bisher keinerlei Erfrischung angeboten habe. Möchten Sie irgendetwas zu sich nehmen?"

„N ... nein, danke."

Pandora sah jetzt zu ihm auf, und ihre großen Augen blickten erwartungsvoll in dem blassen Gesichtchen.

„Und Sie wollen wirklich etwas so Anstößiges tun?" fragte der Graf und blieb mit dem Glas in der Hand auf dem Kaminvorleger stehen.

„Es gibt keine andere Möglichkeit", erwiderte Pandora ernsthaft. „Sie müssen das verstehen, ich sitze in einer Falle. Onkel Augustus ist mein Vormund, und als Mama und Papa verunglückten, hat sich niemand aus der ganzen Verwandtschaft bereit erklärt, mich aufzunehmen."

„Und was geschieht, wenn Sie sich ganz einfach weigern, diesen Mann zu heiraten, den Sie so verabscheuen?" fragte der Graf, und diesmal klangen seine Worte nicht spöttisch.

„Sie werden mich zwingen, es doch zu tun", entgegnete Pandora leise. „Ich glaube nicht, daß ich - rechtlich gesehen - eine Möglichkeit zur eigenen Entscheidung habe. Meine Tante kann mich nicht leiden und ist ganz begierig darauf bedacht, mich schnellstens loszuwerden."

Nach einer kleinen Pause fügte sie hinzu: „Sie ist schon ziemlich alt, aber ich glaube, obwohl das ein wenig eingebildet klingen mag, daß sie eifersüchtig auf mich ist."

„Das überrascht mich nicht."

Der Graf trank einen Schluck, bevor er weitersprach: „Es muß doch noch eine Alternative zu Ihrem Vorschlag geben. Sie sind sich doch im klaren darüber, wie man über Sie sprechen wird, wenn Sie hierbleiben."

„Ja, das weiß ich", sagte Pandora. „Aber ... bitte ... lassen Sie mich bleiben ... nur für zwei Nächte. Ich bin sicher, daß Mr. Witheridge danach seine Absicht ändern wird. Er ist sehr von sich eingenommen und ein sehr konsequenter Mensch. Er sagt, daß Sie aus diesem Schloß ein ... Haus der Sünde gemacht haben."

„Er ist verdammt unverschämt!" rief der Graf aus. „Was kann ein Mensch wie er über die Sünde wissen? Und wer glaubt er denn zu sein, daß er es sich anmaßt, über mich zu Gericht zu sitzen?"

„Sie haben zweifellos die ganze Nachbarschaft schockiert."

„Genau das war auch meine Absicht."

Seine Augen verengten sich, und um seinen Mund bildete sich plötzlich ein harter Zug. „Ich wollte sie schockieren und erschrecken - und das schließt alle meine Verwandten ein - alle, auch Sie!"

Er sagte dies in einem barschen Ton, und Pandora dachte, daß seine Augen beinahe grausam blickten.

Dann sprach er weiter. „Aber natürlich! Warum zögere ich eigentlich? Bleiben Sie, kleine Pandora. Treten Sie ein in mein Hornissennest. Machen Sie es sich bequem im Haus der Sünde. Ich heiße Sie willkommen - ich begrüße Sie mit offenen Armen."

„Ist das auch wirklich Ihr Ernst?"

„Habe ich Ihnen nicht gesagt, daß ich gerne Ihr Gastgeber bin und Sie einlade, bei mir zu bleiben, solange es Ihnen beliebt? Mein Haus ist auch Ihr Haus."

„Oh, ich danke Ihnen! Ich danke Ihnen vielmals!" rief Pandora aus. „Würden Sie dann wohl bitte einem Ihrer Diener diesen Brief geben. Er soll ihn dem Kutscher bringen und ihm sagen, daß er ohne mich nach Lindchester zurückkehren soll!"

„Was ist das für ein Brief?"

„Er ist für Mr. Witheridge bestimmt und enthält eine Nachricht für ihn, wo ich zu finden bin."

„Sie haben aber auch wirklich an alles gedacht."

„Ich habe es versucht", antwortete Pandora. „Er kommt heute abend von einem Besuch bei seinem Vater zurück. Wenn er erfährt, wo ich bin, wird er bestimmt entsetzt und beleidigt sein."

„Dessen bin ich ganz sicher", sagte der Graf, und seine Stimme klang außerordentlich zufrieden.

„Ich habe mein Gepäck mitgebracht", bemerkte Pandora, „denn ich habe gehofft, daß Sie so freundlich sein werden, mir zu gestatten, hierzubleiben."

Der Graf läutete, und umgehend erschien der Butler.

„Bringen Sie diesen Brief dem Kutscher von Miss Stratton und sagen Sie ihm, daß er nach Hause fahren soll!" befahl der Graf. „Miss Stratton bleibt hier, also bringen Sie Ihr Gepäck herein."

„Ja, Mylord."

Es entging Pandora nicht, daß sich ein Ausdruck des Erstaunens auf dem Gesicht des Butlers zeigte.

„Ich hatte geglaubt, Burrows hier zu finden", sagte sie. „Haben Sie denn viele Änderungen bei dem Hauspersonal vorgenommen?"

„Ich kümmere mich nicht darum", erwiderte der Graf. „Ich habe einen Agenten, der all diese Dinge für mich erledigt."

Pandora wußte, daß dies einer der Gründe für die Aufregung und die Furcht war, die unter den Dorfbewohnern herrschte.

Sie wollte gerade etwas sagen, als die Tür geöffnet wurde und eine der schönsten Frauen, die Pandora je gesehen hatte, eintrat.

Ihr Haar glänzte in einem leuchtenden Rot, im Gegensatz dazu wirkte ihre Haut fast unnatürlich weiß und zart. Ihre Lippen waren scharlachrot, und sie trug ungewöhnlich viele Juwelen und ein langes Gewand, das die Formen und Kurven ihres Körpers nur wenig verhüllte.

Sie schien hereinzuschweben. Dann blickte sie fragend von Pandora zum Grafen, und Pandora erschienen ihre Blicke gleichzeitig sehr angriffslustig.

„Ich hörte, daß eine 'Dame' angekommen sei", begann sie und betonte dabei das Wort „Dame" in besonderer Weise. „Ich habe mich gefragt, wer das wohl sein mag. Ich dachte, daß wir unsere Gäste erst später erwarten."

„Es besteht kein Grund zur Aufregung", erwiderte der Graf. „Das ist meine Cousine Pandora Stratton, die ich soeben erst kennengelernt habe."

„Und du erwartest, daß ich dir das glaube?"

Sie sah Pandora jetzt noch mißtrauischer an als zuvor.

Da sie das Gefühl hatte, etwas sagen zu müssen, erklärte Pandora geschwind: „Ich lebe in Lindchester und bin hergekommen, um meinen Cousin um Hilfe zu bitten."

„Er hat kein Geld übrig für Wohltätigkeitszwecke", sagte die Frau barsch. „Darauf achte ich schon."

„Halt den Mund, Kitty, und benimm dich!" wies der Graf sie zurecht. „Meine Cousine hat jederzeit das Recht, mich um Hilfe zu bitten, wenn sie sie benötigt. Außerdem hatte sie nicht die Absicht, mich um Geld zu bitten."

„Was will sie denn sonst?"

„Nichts weiter als eine Einladung, für einige Tage hier im Schloß zu bleiben, weil sie davon überzeugt ist, daß dies die Leidenschaft eines Pfarrers erheblich abkühlen wird, der es darauf abgesehen hat, sie zu heiraten."

Die Frau starrte ihn ungläubig an, dann brach sie in schallendes Gelächter aus.

„Allmächtiger Gott! Was soll denn das bedeuten?" fragte sie. „Du paßt in ein solches Drama doch wirklich nicht hinein, Norvin, darüber bist du dir doch wohl im klaren?"

„Im Gegenteil. Ich werde die Rolle des Regisseurs übernehmen, oder noch besser, die des Schurken", erwiderte der Graf. „Nun, ich schlage vor, wir beginnen von vorn, und ich stelle dich erst einmal vor."

Er machte eine ausholende Geste. „Pandora, das ist Kitty King, und da ich annehme, daß Sie keinerlei Kenntnis über das Theater in London haben, lassen Sie mich Ihnen erklären, daß sie eine sehr wichtige Rolle in Drury Lane übernommen hat und außerdem mit großer Begeisterung auch für die berühmte Madame Vestris einspringt."

„Sie sollten mich sehen, wenn ich in meinen Kniehosen und den Stiefeln über die Bühne stolziere", erzählte Kitty, die sich von den Worten des Grafen offensichtlich sehr geschmeichelt fühlte, obwohl sie für Pandora überhaupt keine Bedeutung hatten. „Es reißt das Publikum jedes Mal von den Stühlen, nicht wahr, Norvin?"

„Sie sind jedenfalls von deinem Anblick sehr begeistert", erklärte der Graf und nickte.

„Es gibt ja auch eine ganze Menge zu sehen."

„Du solltest aber für deine nächste Rolle eine Abmagerungskur machen."

„Unmöglich, solange es auf diesem Schloß so viel zum Trinken gibt", erwiderte Kitty King. „Übrigens könnte ich jetzt gut einen Drink gebrauchen."

„Verzeih mir, daß ich nicht selbst daran gedacht habe", entschuldigte sich der Graf. „Aber meine Cousine hat mich doch sehr zum Nachdenken gebracht."

„Nun, das geht deinen Kopf an und nicht deine Hände", wies Kitty ihn zurecht.

Der Graf läutete und bestellte Champagner, als die Tür vom Butler geöffnet wurde.

„Ich habe ihn bereits mitgebracht, Mylord", erwiderte der Butler.

Hinter ihm erschienen zwei Diener mit einem großen, silbernen Eiskübel, in dem sich zwei Flaschen befanden.

„Nun, ich weiß zwar nicht, worum es hier geht", sagte Kitty und warf sich auf das Sofa. Dabei legte sie die Beine übereinander, so daß man ein beträchtliches Stück ihrer Fesseln zu sehen bekam. „Aber ich habe noch niemals einen Freund zurückgewiesen, der sich in Not befand."

„Dann bist du genau der richtige Mensch, den Pandora im Augenblick braucht", bemerkte der Graf.

Kitty King sah Pandora jetzt schon sehr viel freundlicher an. „Was stimmt denn nicht mit diesem Pastorenknaben?" fragte sie. „Eigentlich habe ich den Eindruck, daß Sie die ideale Frau für ihn wären."

„Das ist nicht wahr", widersprach Pandora. „Um ehrlich zu sein, ich würde lieber sterben, als ihn zu heiraten."

„Das glaube ich nicht", meinte Kitty King und lachte. „Es hat noch nie einen Mann gegeben, für den zu sterben sich gelohnt hätte. Sie müssen versuchen, mit ihnen zu leben - das ist noch viel schwerer."

Sie lachte wieder, ergriff das Glas Champagner, das einer der Diener auf den Tisch neben dem Sofa gestellt hatte und hob es in die Höhe, wobei sie den Grafen ansah. „Auf ein kurzes, aber fröhliches Leben! Das ist mein Motto."

Der Diener reichte Pandora ein Glas. Sie zögerte.

„Trinken Sie auch einen Schluck", ermunterte der Graf sie. „Ich bin sicher, daß Sie ihn jetzt gut gebrauchen können. Es hat Sie bestimmt viel Mut gekostet, hierherzukommen."

„Ich bin Ihnen sehr dankbar", sagte Pandora leise.

„Das ist nicht nötig", erwiderte er. „Ich befürchte sogar, daß Sie Ihre Spontaneität schnell bereuen werden. Aber warum mache ich mir darüber Gedanken? Es interessiert mich doch überhaupt nicht, was Sie tun - überhaupt nicht!"

Er sprach so heftig, daß Pandora ihn überrascht ansah.

Dann jedoch sagte sie sich, daß sie sich, solange sie hier im Haus sein würde, nicht daran stoßen wollte, wie sich die Menschen hier benahmen.

Sie hatte sich in ihrer Verzweiflung an den Grafen gewandt, und sie würde ihm für seine Hilfe ihr Leben lang dankbar sein.

2.

Ein wenig später, der Graf und Kitty tranken noch immer Champagner, trafen die Partygäste ein.

Es waren drei junge Aristokraten, die alle Titel trugen. Da sie sich jedoch nur bei ihren Vornamen nannten - Freddie, Clive und Richard -, fiel es Pandora schwer, sie zu unterscheiden.

Jeder war im eigenen Phaeton von London hergefahren. Sie waren in Begleitung von drei Frauen, die auf ihre Weise ebenso hinreißend und bezaubernd wirkten wie Kitty.

Nicht ein einziges Mal konnte Pandora ihre Namen hören, da sie von ihren Verehrern lediglich mit „Püppchen" oder „Schätzchen" betitelt wurden.

Die drei Herren ließen wissen, daß sie von der anstrengenden Fahrt sehr durstig waren, und eilig wurde noch mehr Champagner herbeigebracht. Sie toasteten dem Graf und Kitty mit anzüglichen Bemerkungen und in einer Weise zu, die Pandora eigentlich als beleidigend empfand. Aber alle waren so fröhlich und ausgelassen, daß Pandora sie sehr unterhaltsam fand.

Die Tür wurde geöffnet und ein weiterer Gentleman erschien. Im Gegensatz zu den anderen wurde er vom Butler angekündigt.

„Sir Gilbert Longridge, Mylord!"

Er war ein gutaussehender Herr, der noch eleganter gekleidet war als die anderen und auch älter als sie war.

Als sie ihn jedoch beobachtete, während er auf den Grafen zuging, spürte Pandora eine Abneigung gegen ihn in sich aufsteigen. Sie wußte nicht, warum sie derartig empfand, aber schon ihr Vater hatte gesagt, daß sie einen besonderen Sinn für Menschen besaß. Sehr selten hatte ihr erstes Gefühl sie getäuscht.

„Allein, Gilbert?" rief der Graf erstaunt.

„Fanny hat es sich anders überlegt", erwiderte der Graf ärgerlich. „Nie wieder werde ich meine Zeit und mein Geld an eine Frau verschwenden, die ihre Verabredung nicht einhalten kann. Der Herzog kann sie haben."

„Sicher wird er sehr erfreut sein", bemerkte Freddie. „Aber was mich angeht, so würde ich es mir zweimal überlegen, ehe ich eine deiner abgelegten Frauen übernähme. Du verwöhnst sie viel zu sehr, so daß sie für den übrigen Markt dann unerschwinglich werden."

„Wozu ist denn das Geld da, wenn nicht für das Vergnügen, mein Junge?" fragte Gilbert gelangweilt.

Er sah in die Runde und sein Blick fiel auf Pandora. Einen Augenblick lang sah er sie sprachlos an. Dann sagte er: „Gehe ich richtig in der Annahme, daß wir doch eine gerade Zahl sind? Wie hast du nur ahnen können, mein lieber Norvin, daß ich heute allein kommen würde?"

41

„Das ist meine Cousine, Pandora Stratton", stellte der Graf vor. „Ich hatte nicht erwartet, daß sie heute einer der Gäste sein würde, da sie ganz unverhofft erschienen ist."

„Was gibt es Erfreulicheres als das Unerwartete?" fragte Sir Gilbert schmeichelnd.

Er ging auf Pandora zu und ergriff ihre Hand. „Sie und mich hat offensichtlich das Schicksal füreinander bestimmt. Und ich habe es noch niemals gewagt, mich dem Schicksal zu widersetzen."

Als er sie berührte, verspürte Pandora eine tiefe Abneigung gegen ihn. Sie überlegte krampfhaft, wie sie ihm schnellstens ihre Hand wieder entziehen konnte, als der Graf sagte: „Ich möchte euch nicht bedrängen, aber das Dinner ist um halb acht, und da ich Alphonse mitgebracht habe, möchte ich unbedingt vermeiden, das Essen durch eine Verspätung zu verderben. Ihr wißt ja, wie temperamentvoll diese Franzosen sein können, wenn man sie verärgert."

„Wie freue ich mich, daß Alphonse hier ist", bemerkte Clive. „Er ist für mein Wohlbefinden noch wichtiger als du, mein Püppchen."

Er drückte der Frau, die neben ihm stand, einen Kuß auf die Wange. Mit ihren dunklen Locken und den funkelnden Augen war sie eigentlich die Verführerischste unter den Anwesenden.

Aus der Art der Unterhaltung zwischen den Frauen glaubte Pandora entnehmen zu können, daß auch die drei Neuankömmlinge Schauspielerinnen waren.

Bei genauerer Betrachtung kam Pandora zu der Überzeugung, daß sie den Schein des Rampenlichts brauchten, um die feinen Linien und Falten unter ihren Augen zu verbergen, die im ersten Augenblick gar nicht aufgefallen waren.

In ihren bunten, mit allerlei Spitzen und Glitzer verzierten Kleidern und den Hüten, die alle mit großen Federn versehen waren, zogen sie unweigerlich die Aufmerksamkeit auf sich. Sie wirkten wie bunte, zwitschernde Vögel.

„Wir werden uns jetzt umziehen", rief die Frau, die Hettie genannt wurde. „Wir haben unsere schönsten Kleider mitgebracht, um diesem alten und ehrwürdigen Schloß gerecht zu werden."

Sie sagte es spöttisch, und der Graf erwiderte: „Ihr werdet dieses Mausoleum auf jeden Fall mit Leben erfüllen. Und das braucht es am nötigsten."

Pandora sah ihn überrascht an.

Sie liebte dieses Haus aus ganzem Herzen und hatte schon immer die Noblesse und Eleganz der Schätze und Kostbarkeiten bewundert, die hier im Laufe der Jahre angehäuft worden waren, so daß sie einfach nicht verstehen konnte, wie man einen solchen Besitz verunglimpfen konnte.

Als hätte der Graf ihre Gedanken gespürt, warf er Pandora jetzt einen Blick zu und sagte: „Sollten Sie Ihre Meinung geändert haben, so ist jetzt noch Zeit für Sie, wieder nach Hause zurückzukehren, bevor Sie sich und Ihren guten Ruf verdorben haben."

Niemand hatte seine Worte außer ihr gehört. Pandora sah ihn an und fragte sich, ob er wohl wußte, daß sie sowohl ein wenig erschrocken als auch verängstigt war.

Dann antwortete sie: „Nein, selbstverständlich nicht. Sie sind sehr freundlich, mich hierzubehalten. Und ich hoffe, daß es den gewünschten Effekt auf Mr. Witheridge hat."

„Nur darauf kommt es an", erwiderte der Graf.

Pandora beeilte sich, den Frauen zu folgen, die den Raum bereits verließen.

Plötzlich blickte sie sich noch einmal um und bemerkte, daß der Graf sich bereits wieder seinen Freunden zugewandt hatte, während Sir Gilbert ihr in einer Weise nachsah, die sie nervös machte.

Während sie die große Treppe hinaufstiegen, die von all den vielen Vorfahren der Charts benutzt worden war, entnahm Pandora dem Gespräch, daß Kitty die einzige der Frauen war, die bereits vorher schon einmal im Schloß gewesen war.

„Gott, das ist ja groß genug, um eine ganze Armee zu beherbergen!" rief eine der Schauspielerinnen.

„Warum hast du denn nicht gleich die ganze Horde eingeladen, Kitty?" fragte eine andere.

„Sir Edward Trentham besitzt ein Haus ganz in der Nähe", erwiderte Kitty. „Gabrielle ist bei ihm und noch 'ne Menge anderer Leute. Sie kommen alle zum Dinner her."

Die anderen stießen einen Freudenschrei aus, und Pandora schloß daraus, daß Sir Edward besonders beliebt war.

„Habt ihr gehört, was er Gabrielle letzte Woche geschenkt hat?" fragte eine der Frauen, als sie das Ende der Treppe erreicht hatten.

„Doch nicht etwa noch ein Diamant-Halsband?"

„Nein - ein Haus in Chelsea, und er hat es ihr sogar überschrieben."

„Mein Gott, hat die ein Glück", stieß Hettie hervor. „So etwas würde Richard mir niemals schenken."

„Du solltest ihm das Spielen abgewöhnen", schlug Kitty vor. „Er ist viel zu wild auf die Karten. Es macht mich jedes Mal rasend, wenn Männer das Geld am Spieltisch verlieren, was sie besser für mich verwendet hätten."

„Genau, das finde ich auch", stimmte Hettie ihr zu.

Ihr Haar war so goldfarben, daß es einen beinahe blenden konnte, und sie hatte ihre Wimpern so stark getuscht, daß sie die blauen Augen wie kleine Streichhölzer umrahmten.

Oben angekommen, bemerkte Pandora die Haushälterin, die sie nie zuvor gesehen hatte.

Sie war sehr überrascht, denn sie hatte erwartet, die alte Mrs. Meadowfield vorzufinden, die, solange sie zurückdenken konnte, in Chart Hall gewesen war.

Mrs. Jenkins, wie Kitty die Haushälterin ansprach, begrüßte die Frauen und führte jede in das für sie bestimmte Zimmer, nachdem Kitty sie ermahnt hatte, darauf zu achten, daß sie sich nicht verspäteten.

Dann ging sie selbst in das Zimmer, das an das ehemalige Herrenschlafzimmer angrenzte, in dem Pandoras Großvater zu schlafen pflegte.

Erstaunt stellte Pandora fest , daß zwischen den Räumen der anderen Frauen jeweils ein weiteres Zimmer lag. Sie wunderte sich über diese Anordnung, denn sie konnte sich noch gut daran erinnern, daß ihre Mutter, als sie nach dem Tod der Großmutter von Zeit zu Zeit als Gastgeberin im Schloß fungierte, die unverheirateten Männer und Frauen in getrennten Flügeln des Hauses untergebracht hatte.

Zuletzt wandte sich die Haushälterin nun an Pandora.

„Nun zu Ihnen, Miss Stratton", sagte sie in vertraulichem Ton. „Für Sie habe ich das Rosenzimmer vorbereitet."

„Oh, darüber bin ich sehr froh!" rief Pandora. „Es war schon immer einer meiner Lieblingsräume. Ich liebe den Ausblick, den man von dort aus in den Garten hat."

Mrs. Jenkins sah sie an und sagte: „Es ist also wirklich wahr, daß Sie die Cousine Seiner Lordschaft sind?"

„Ja, natürlich", antwortete Pandora. „Meine Mutter war vor ihrer Heirat Lady Eveline Chart. Der letzte Graf war mein Großvater!"

„Sie werden sicher feststellen, daß sich seither einiges hier verändert hat", sagte Mrs. Jenkins daraufhin.

Pandora wußte nicht, was sie darauf antworten sollte. Statt dessen ging sie eilig in das Rosenzimmer und stellte fest, daß ihre Kleider bereits ausgepackt waren. Auch das Dienstmädchen war ihr bekannt.

„Guten Abend, Mary!" grüßte sie. „Wie schön, dich hier zu finden! Ich habe gar nicht gewußt, daß du im Schloß arbeitest."

„Sie ist neu", erklärte Mrs. Jenkins, noch bevor Mary etwas hätte erwidern können. „Ich hoffe, daß Sie mich informieren, wenn Sie nicht mit ihr zufrieden sein sollten. Ich werde dann jemand anderen für sie finden."

„Ich bin sicher, daß Mary sich vorzüglich um mich kümmern wird", sagte Pandora.

„Diese Mädchen vom Lande scheinen mir aber doch sehr dumm und schwerfällig zu sein", behauptete Mrs. Jenkins mit leichtem Naserümpfen.

Mary sprach kein einziges Wort, solange die Haushälterin im Zimmer war. Dann erst sagte sie: „Ich bin ja so froh, Sie zu sehen, Miss Pandora, wirklich! Hier hat sich so vieles verändert seit der Zeit, in der ich Mutter immer ein wenig zur Hand ging, wenn Seine Lordschaft Gesellschaften gab."

„Bist du hier fest angestellt?" fragte Pandora.

„Ich hoffe es, Miss", erwiderte Mary. „Aber nur wenige von dem alten Dienerstab sind noch hier. Dafür hat man viele neue eingestellt. Das hat im Dorf die Leute verunsichert und verwirrt."

„Wie geht es deiner Mutter? Was macht sie?" fragte Pandora.

„Sie hilft in der Küche, Miss. Sie erzählt, daß der Koch ein so unkontrolliertes Temperament hat, daß sie sich vor ihm sogar fürchtet."

„Ich habe gehört, daß er Franzose sein soll", sagte Pandora. „Sag' deiner Mutter, daß sie sich nicht zu ängstigen braucht."

Dann fügte sie lächelnd hinzu: „Sicher seid ihr sehr froh über das Geld, das ihr hier verdienen könnt, nicht wahr?"

Das Mädchen stimmte ihr zu.

Pandora befürchtete, daß Mary Ärger bekommen würde, wenn sie allzu lange mit ihr schwatzte, da sie sich

noch um eine der anderen Frauen kümmern mußte.
Daher sagte sie: „Komm nachher wieder zu mir, um mein
Kleid ein wenig aufzubügeln. Ansonsten finde ich mich
gut allein zurecht, wie du ja weißt."

„Als ich gehört habe, daß Sie hier sind, hätte es mich
fast umgeworfen, Miss", sagte Mary. „Niemals hätte ich
erwartet, Sie noch einmal auf Chart Hall zu sehen. Nicht
nach all dem, was wir über den Grafen und seine Freunde
gehört haben, und so."

Pandora hätte es als sehr unfair dem Grafen gegenüber
empfunden, Mary zu ermuntern, ihr all den Klatsch zu
erzählen, obwohl sie fühlte, daß das Mädchen das Bedürf-
nis hatte, vieles loszuwerden.

„Laß mich jetzt allein, Mary, und komm in ungefähr
einer Viertelstunde wieder."

„Sehr wohl, Miss."

Als sie die Tür erreicht hatte, drehte sie sich noch einmal um und sagte: „Ich bin froh, daß Sie hier sind, Miss,
wirklich, sehr froh."

Dann ging sie und Pandora begann, sich auszukleiden.
Auf ihrer Stirn hatte sich eine kleine Sorgenfalte gebildet.

Es war ihr nicht entgangen, daß Marys Stimme sehr
furchtsam geklungen hatte. Sie fragte sich besorgt, was
wohl hier im Schloß vor sich ging.

Sie mochte die neuen Dienstboten nicht leiden, sie
wußte, daß sie nicht nur voreingenommen war, weil die
alten Diener nicht mehr hier waren.

Sie fragte sich, was wohl ihre Mutter und ihr Vater von
dem Grafen halten würden.

Auf jeden Fall war er ein merkwürdiger Mensch - vielleicht war exzentrisch das richtige Wort für ihn - und doch, sagte sich Pandora, empfand sie für ihn keine Abneigung. Ganz im Gegensatz zu Sir Gilbert, der ihr vom ersten Augenblick an unsympathisch gewesen war.

Es hat gar keinen Sinn, über meine Zu- und Abneigungen nachzudenken. Ich bin hergekommen, weil ich verzweifelt war und Hilfe brauchte, dachte sie. Und jetzt muß ich die Leute hier nehmen, wie sie sind, und das Beste daraus machen.

Trotzdem empfand sie alles recht merkwürdig. Aber einer Sache war sie sich ganz sicher - Prosper Witheridge würde die vier Schauspielerinnen - Kitty, Hettie, Lottie und Caro - aus tiefstem Herzen mißbilligen.

Sie hatte gehört, wie abfällig er über Spielhäuser gesprochen hatte. Er nannte sie einen Treffpunkt für Sünder.

Ich bin sicher, daß er mich nach alldem nicht mehr besitzen will, beruhigte sie sich. Über die Reaktion ihres Onkels und ihrer Tante, wenn sie erfahren würden, wo sie gewesen war, dachte sie jetzt noch nicht nach.

Sollte der Graf es erlauben, werde ich erst am Freitag zurückfahren, entschied sie. Wenn ich nämlich vorher schon erscheine, wird Prosper Witheridge dort sein und mich herunterputzen.

Als hätten ihre Gedanken Zauberkräfte, erschien kurz darauf Mary und sagte: „Ich soll Ihnen sagen, Miss, unten wartet ein Herr, der Sie zu sprechen wünscht."

„Ein Herr?" fragte Pandora erstaunt.

„Der Diener meint, es sei ein Pfarrer, Miss." Pandora erschrak so sehr, daß sie starkes Herzklopfen bekam.

Es bestand gar kein Zweifel, wer dieser Besucher war. Aber Pandora hatte ihn nicht so bald hier erwartet. Wenn er allerdings ein wenig eher zurückgekehrt war, als sie vermutet hatte, so war es doch möglich, daß er ihren Brief gelesen und sich dann sofort auf den Weg gemacht hatte.

„Ich hätte den Brief erst morgen früh hinüberschicken sollen", sagte sie sich, aber jetzt war es zu spät.

Mary war ihr beim Schließen des Abendkleides behilflich. Es hatte einst ihrer Mutter gehört. Sie hatte es für sich geändert. Da es ihr bestes Kleid war, hatte sie sich entschlossen, es mitzunehmen. Außerdem dachte sie, daß es wenigstens noch ein einziges Mal in Chart Hall getragen werden sollte.

Ihr war zwar durchaus klar, daß dieses Kleid sehr einfach und wahrscheinlich sogar altmodisch wirken würde neben den schillernden Gewändern, die die anderen Frauen tragen würden. Aber sie wußte auch, daß die Erscheinung dieser Frauen bei aller Farbenprächtigkeit zweifellos vulgär war und daß weder ihr Vater noch ihre Mutter eine solche Aufmachung geschätzt hätten.

Sie warf nicht einmal mehr einen Blick in den Spiegel, so sehr beunruhigte sie der Gedanke an Prosper Witheridge, der unten in der Halle auf sie wartete.

Statt dessen band sie um ihren Hals ein schmales blaues Samtband, das zu den Bändern paßte, mit dem ihr Kleid verziert war.

Dann sagte sie zu Mary: „Ich muß jetzt hinuntergehen. Ist sonst noch jemand unten?"

„Das ist unwahrscheinlich, Miss. Die Hausmädchen erzählen, daß die anderen Damen immer erst im letzten Augenblick erscheinen, da sie so lange Zeit brauchen, um ihre Gesichter zu schminken."

Pandora stand einen Augenblick unschlüssig da, dann fragte sie Mary: „Glaubst du, Mary, daß es möglich ist, einen der Diener zu bitten, Seiner Lordschaft zu berichten, wer hier ist?"

„Ja, natürlich, Miss. Ich werde es dem Kammerdiener Seiner Lordschaft mitteilen."

„Sag' ihm, daß der Herr, dem ich eine Nachricht geschickt habe, hier ist und mich zu sprechen wünscht."

„Sehr wohl, Miss."

Pandora zögerte. Sie wollte ungern allein hinuntergehen und überlegte, ob sie nicht besser auf den Grafen warten sollte, damit dieser sie begleiten konnte.

Dann jedoch schalt sie sich einen Feigling und sagte sich, daß sie unmöglich einen Mann, den sie gerade erst kennengelernt hatte - auch wenn er ihr Cousin war - in dieser Weise in ihre persönlichen Angelegenheiten hineinziehen konnte.

Mit hocherhobenem Kopf und einem Herzen, das wie wild in ihrer Brust schlug, ging sie langsam die große Treppe hinunter.

Der Anblick ihrer vielen Vorfahren, die von den Wänden auf sie herabblickten, schien ihr Mut einzuflößen.

„Helft mir doch", bat Pandora in Gedanken. „Warum sollte ich mich vor einem Mann wie Prosper Witheridge fürchten?"

Aber sie fürchtete sich, ihre Hände waren eiskalt, als sie schließlich in der Halle angekommen war.

Der Butler, der auf sie wartete, sagte: „Ich habe Ihren Besucher in den Kleinen Salon geführt, Miss."

Die Art und Weise, in der er zu ihr sprach, verriet ihr, daß es ihm Vergnügen bereitete, bei diesem Drama zugegen zu sein. Daher erwiderte sie mit kühler Zurückhaltung: „Vielen Dank. Gehe ich recht in der Annahme, daß man sich vor dem Dinner im Silbernen Salon trifft?"

„Das ist richtig, Miss", bestätigte der Butler.

Sie glaubte zu bemerken, daß er sie nun ein wenig respektvoller betrachtete, da sie sich in den Gepflogenheiten des Hauses auszukennen schien.

Jetzt öffnete er die Tür zum Silbernen Salon, den ihre Mutter einst besonders geliebt und wo sie oftmals Besucher empfangen hatte, wenn ihr Großvater zu krank war, um seine Gäste selbst zu unterhalten.

Prosper Witheridge stand mit dem Rücken zum Kaminsims, und Pandora stellte fest, daß er ihr wütend entgegensah.

Er war so zornig, daß sich zwischen seinen hervorstehenden Augen eine tiefe Falte gebildet hatte, und um seinen Mund - die Lippen waren fest zusammengepreßt - lag ein scharfer Zug.

Pandora hörte, wie die Tür hinter ihr geschlossen wurde, und sie zwang sich, langsam und würdevoll auf ihn zuzugehen.

Als sie ihn erreicht hatte, begann er zu sprechen, wobei es ihm nicht gelang, seinen Ärger zu verbergen. „Sind Sie vollkommen übergeschnappt? Wie konnten Sie so verrückt sein und hierher kommen?"

„Wie ich Ihnen bereits in meinem Brief mitteilte, werde ich bei meinem Cousin bleiben."

„Sie packen jetzt Ihren Koffer! Ich werde Sie augenblicklich wieder nach Hause bringen", sagte Prosper Witheridge scharf.

„Mein Cousin hat mich eingeladen, als sein Gast im Schloß zu bleiben. Und ich habe auch vor, seiner Einladung Folge zu leisten."

„Ich kann daraus nur schließen, daß Sie Ihren Verstand verloren haben", erwiderte er. „Sie wissen sehr wohl, daß weder Ihr Onkel noch Ihre Tante Ihr Verhalten billigen werden. Außerdem sollte Ihr Feingefühl Ihnen sagen, daß dies kein Haus für Sie ist."

„Es ist das Haus, das einst meinem Großvater gehörte."

„Aber jetzt gehört dieses Haus einem zügellosen Wüstling, und ich werde Ihnen nicht erlauben, auch nur eine Sekunde länger in seiner Gesellschaft zu verbringen."

„Sie haben kein Recht, mir Vorschriften zu machen."

„Als Ihr zukünftiger Ehemann ...", begann Prosper Witheridge.

„Niemals werde ich Sie heiraten! Lassen Sie mich das ein für allemal klarstellen", unterbrach ihn Pandora. „Ich werde niemals Ihre Frau werden, und wenn Sie der einzige Mann auf dieser Erde wären!"

Einen Augenblick lang hatte es Prosper Witheridge die Sprache verschlagen. Er war ein sehr eingebildeter Mann, und schon viele Frauen hatten sich um seine Gunst bemüht, so daß ihm niemals der Gedanke gekommen war, Pandora könnte nicht dankbar und glücklich in seine Arme sinken.

„Wissen Sie eigentlich, was Sie da sagen?" fragte er.

Eigentlich hätte die Überraschung in seiner Stimme Pandora amüsieren müssen, aber sie hatte so starkes Herzklopfen, daß sie an nichts anderes denken konnte.

„Ich werde Sie niemals heiraten!" wiederholte sie, ihre Stimme klang sehr bestimmt.

„Nachdem Sie sich entschlossen haben, hierzubleiben, ist es sehr unwahrscheinlich, daß Ihnen jemals ein Mann einen Heiratsantrag machen wird."

„Das war mir bereits klar, bevor ich herkam."

„Sie sind viel zu jung und unschuldig, um die Tragweite Ihrer Worte und Ihrer Handlungsweise zu begreifen", sagte Prosper Witheridge, und es klang, als wollte er sich selbst eine Erklärung geben.

„Ich begreife es sehr wohl! Ich bin aus freiem Willen hergekommen, weil es mein Wunsch war und weil ich Sie unter keinen Umständen heiraten werde - wobei es mir völlig egal ist, was mein Onkel und meine Tante dazu sagen mögen."

„Sie reden kompletten Unsinn", stieß Prosper Witheridge hervor, der jetzt langsam seine Beherrschung verlor. „Ich werde Sie jetzt mitnehmen und Sie, sobald wir im Palast angekommen sind, in Ihrem Schlafzimmer einschließen, wo Sie bis zur Rückkehr Ihres Onkels bleiben werden."

„Ich werde Ihnen nicht erlauben, etwas Derartiges zu tun", erwiderte Pandora herausfordernd.

„Sie haben gar keine andere Wahl", entgegnete Prosper Witheridge, und Pandora konnte die Grausamkeit in seiner Stimme nicht überhören.

Während er sprach, ergriff er ihren Arm.

Damit hatte sie nicht gerechnet. Er hatte sie überrumpelt, denn niemals hätte sie geglaubt, daß er sie tatsächlich anrühren würde. Jetzt stellte sie entsetzt fest, daß er sie sogar mit Gewalt hinter sich herziehen wollte.

Sie stolperte, und seine Finger gruben sich in ihre zarte Haut.

„Wie können Sie es wagen, mich anzurühren!" rief sie. „Lassen Sie mich sofort los!"

„Sie werden mit mir kommen!" befahl Prosper Witheridge. „Ich hoffe nur, daß Ihr Onkel die Strafe über Sie verhängen wird, die Sie verdient haben."

Während er sprach, zerrte er Pandora quer durch den Salon. Sie aber kämpfte wie wild, um sich zu befreien.

Aber er war ein großer Mann, und sie war sehr zart. Verzweifelt stellte sie fest, daß sie keine Chance gegen ihn hatte.

„Lassen Sie mich los", jammerte sie und begann zu schreien, als er versuchte, sie mit aller Gewalt zur Tür zu zerren.

Gerade, als er sie erreicht hatte, wurde sie geöffnet. Der Graf stand davor.

In seinem gutsitzenden Abendanzug und seiner sorgfältig gebundenen weißen Krawatte war er eine gepflegte und prächtige Erscheinung.

Er stand in der Tür, ohne sich zu bewegen, so daß auch Prosper Witheridge, der Pandora hinter sich herzog, gezwungen war, stehenzubleiben.

„Darf ich wohl erfahren, was hier vor sich geht?" fragte der Graf, und seine Stimme klang eisig.

„Sind Sie der Graf von Chartwood?" fragte Prosper Witheridge, ohne Pandora jedoch freizugeben.

„Ich stelle hier die Fragen", erwiderte der Graf, „zumal Sie ohne Einladung hier erschienen sind."

„Ich bin hergekommen", erklärte Prosper Witheridge daraufhin, „um ein junges Mädchen, das kein Recht hat, sich Ihnen aufzudrängen, dorthin zurückzubringen, wo es hingehört."

„Wer hat Ihnen das Recht dazu gegeben?"

„Als der persönliche Kaplan des Bischofs von Lindchester habe ich das Recht dazu", erwiderte Prosper Witheridge.

„Wie eindrucksvoll", spottete der Graf. „Und Ihre Stellung gibt Ihnen auch das Recht, umherzugehen und junge Damen aus den Häusern ihrer Verwandten zu entführen?"

„Ich entführe Miss Stratton nicht", erwiderte Prosper Witheridge. „Ihr Onkel, der Bischof, hat sie mir während seiner Abwesenheit anvertraut. Als ich heute nach Lindchester zurückkehrte, mußte ich von ihrem bedauernswerten Ausflug erfahren, der denen großen Kummer bereiten wird, die ihr aus reiner Herzensgüte ein anständiges Heim geboten haben."

„Wollen Sie damit andeuten, daß mein Haus ein unanständiges Haus ist?" fragte der Graf.

Seine Stimme klang hart. Ein Blick in seine Augen verriet Pandora jedoch, daß er sich köstlich amüsierte.

Prosper Witheridge war viel zu wütend, um vorsichtig zu sein.

„Eure Lordschaft ist sich sicher im klaren darüber", sagte er, „daß Chart Hall nicht der geeignete Ort für ein junges und unschuldiges Mädchen ist."

„Ist das Ihre persönliche Meinung?" fragte der Graf. „In diesem Fall würde es mich nämlich interessieren, worauf Sie Ihre Meinung und Ihr Urteil stützen."

Prosper Witheridge sah ihn unbehaglich an.

„Es hat keinen Sinn, darüber zu sprechen, Eure Lordschaft", sagte er. „Ich werde Miss Stratton, mit Ihrer Erlaubnis, nach Hause bringen und dafür sorgen, daß man ihre Sachen morgen abholt."

„Ich gebe Ihnen meine Erlaubnis nicht", erwiderte der Graf. „Meine Cousine ist als mein Gast hier, und sie wird so lange bleiben, wie sie es wünscht."

„Das kann doch nicht Ihr Ernst sein!" rief Prosper Witheridge.

„Ich hatte geglaubt, daß ein gebildeter Mann wie Sie Englisch verstehen kann", antwortete der Graf.

Jetzt erst gab Prosper Witheridge Pandoras Arm frei.

„Diese Unterhaltung ist absurd", sagte er barsch. „Was Eure Lordschaft in Ihrem Leben tun, das ist Ihre Sache. Aber Miss Stratton ist zu jung und unerfahren, um zu verstehen."

„Um was zu verstehen?" fragte der Graf.

„Daß der Lebensstil Eurer Lordschaft und die Freunde, mit denen Sie sich umgeben, im krassen Gegensatz stehen zu allem, was Miss Stratton bisher kennengelernt oder sich vorgestellt hat."

„Was wissen Sie eigentlich über meinen Lebensstil und über meine Freunde?"

Der Graf sprach ganz ruhig, beinahe freundlich.

„Ich weiß", erwiderte Prosper Witheridge mit erhobener Stimme, „daß es für die Nasen derer, die Gott fürchten, wie ein beißender Gestank ist. Das, was in diesem alten Haus vor sich geht, steht unter der persönlichen Schirmherrschaft des Satans."

Er schrie die letzten Worte beinahe, und als er fertig war, warf der Graf den Kopf zurück und lachte.

„Sehr wirkungsvoll", sagte er. „Ich nehme an, daß die alten Jungfern in Lindchester Ihnen begierig zuhören, wenn Sie Sündern, wie ich einer bin, die Feuerqualen der Hölle voraussagen. Nun, Herr Pfarrer, lassen Sie mich eines klarstellen: Ich bin in keiner Weise von Ihren Drohungen beeindruckt, und da ich gerade im Begriff war, meine Cousine zum Dinner zu führen, schlage ich vor, daß Sie zu den Menschen zurückkehren, die Ihre Worte zu schätzen wissen."

Der Graf sprach sehr spöttisch, ohne jedoch die Stimme zu erheben.

„Wenn ich gehe, werde ich Miss Stratton mitnehmen!" brüllte Prosper Witheridge.

Der Graf wollte etwas erwidern, als Schritte zu hören waren, und dann erschienen Kitty und Caro hinter dem Grafen in der Tür.

„Ich dachte, wir treffen uns im Sal ...", begann Kitty, brach jedoch ab, als sie Prosper Witheridge erblickte. Dann rief sie aus: „Oh, wer ist denn das?"

„Dieser Herr", erwiderte der Graf, „ist ein Sendbote Gottes. Er kam, um uns zu sagen, daß wir alle im Höllenfeuer brennen und leiden müssen. Und er wird nicht in der Lage sein, uns auch nur einen einzigen Tropfen Wasser anzubieten."

„Kaltes Wasser?" rief Caro. „Wer will das denn schon? Ich sterbe fast vor Verlangen nach einem Glas Champagner!"

Sie schob ihren Arm unter den des Grafen, als wolle sie ihn fortziehen.

Pandora warf einen Blick auf das Gesicht des Kaplans und hätte fast laut aufgelacht. Zweifellos war er geschockt von dem Anblick der beiden Frauen, was allerdings nicht überraschend war.

Noch niemals zuvor hatte sie Frauen gesehen, die so tief ausgeschnittene Kleider trugen, so daß kaum etwas verhüllt blieb. Das Dekolleté hatten sie mit kostbaren Juwelen geschmückt, und die Formen ihrer Brüste waren deutlich zu erkennen, da die Bänder die Kleider erst in der Mitte zwischen den Brüsten zusammenhielten.

Die Gesichter waren weiß geschminkt, die Wimpern hatten die Frauen so stark getuscht, als würden sie auf der Bühne stehen. Ihre Augen wirkten dadurch unnatürlich groß.

Die Haare waren mit Juwelen geschmückt, und die glitzernden Armbänder schienen die Nacktheit der Arme nur noch zu unterstreichen.

Pandora wußte, daß selbst ihr Vater von dem Anblick dieser Frauen fasziniert gewesen wäre. Aber für Prosper Witheridge waren sie der Inbegriff der Sünde und daher verabscheuungswürdig.

„Unsere Gäste werden jeden Augenblick hier sein", sagte Kitty. „Willst du ihn zum Essen einladen - vielleicht bringt er uns alle zum Lachen."

Sie zeigte mit dem Daumen auf Prosper Witheridge, und der Graf sagte: „Was für eine hervorragende Idee. Bleiben Sie zum Essen, Witheridge, und erfreuen Sie uns mit Ihrer genauen Kenntnis über die Wege des Satans. Ich bin sicher, daß selbst solch glühende Anhänger des Teufels, wie wir es sind, noch etwas lernen könnten."

Prosper Witheridge richtete sich auf.

Er war blaß geworden vor Ärger und Widerwillen, als er erkannt hatte, daß er sich zum Gespött machen würde, wenn er jetzt noch eine Antwort gab.

„Ich habe nichts mehr zu sagen, Mylord", erwiderte er. „Ich werde dieses Haus und auch dies unglückselige Mädchen verlassen, das keine Ahnung hat, wie tief der Sündenpfuhl ist, in den es sich hineinstürzen will."

Der Graf ging beiseite, um ihm Platz zu machen.

„Wir wollen Sie nicht aufhalten, Mr. Witheridge", sagte er.

Prosper Witheridge wandte sich jetzt an Pandora.

„Sie werden diesen Tag noch bereuen!" donnerte er. „Sie werden Ihr Leben lang daran denken, daß Sie die Wahl hatten, entweder die Stufen hinaufzugehen, zu Gott, der Sie geschaffen hat, oder hinunter zum Teufel, der Sie in Versuchung geführt hat."

Seine Stimme hallte durch den ganzen Raum.

Er durchquerte die Halle, ergriff seinen schwarzen Hut, den einer der Diener ihm entgegenhielt, und eilte dann durch die Tür, die Stufen hinunter, auf seine Kutsche zu.

„Die Hölle ruft!" rief Kitty. „Ich brauche jetzt unbedingt etwas zu trinken."

„Der war ja entsetzlich", meinte Caro. „Ich fühle mich, als hätte er mich verflucht."

„Er hat uns alle verflucht", erwiderte der Graf, „und ganz besonders Pandora."

Während er sprach, warf er ihr einen fragenden Blick zu. Pandora aber gab nur einen Seufzer der Erleichterung von sich. „Jetzt will er mich auf jeden Fall nicht mehr heiraten."

„Eher würde er Sie brandmarken wollen und durch die Straßen von Lindchester zerren", erwiderte der Graf.

„Haben sie so etwas in der 'guten, alten Zeit' wirklich gemacht?" fragte Kitty.

„Das kommt auch heute noch vor", antwortete der Graf. „Du solltest vorsichtig sein."

„Du jagst mir Angst ein", protestierte Kitty.

„Ich glaube, wir brauchen jetzt alle etwas zu trinken", sagte der Graf. „Ein solches Drama kurz vor dem Essen ist wirklich sehr ermüdend."

Er ging auf den Salon zu, und Pandora folgte ihm.

Die Wut und die Drohungen des Kaplans hatten sie doch ein wenig aufgeregt. Aber sie sagte sich, das Einzige von Wichtigkeit, war die Tatsache, daß sie jetzt Ruhe vor ihm hatte.

Jetzt mußte sie sich nur noch darauf einstellen, wie ihr Onkel und ihre Tante reagieren würden, denn es gab nun keinen Grund mehr, daß Prosper Witheridge ihr verzeihen oder ihr gar den Hof machen würde.

Er war ein sehr ehrgeiziger Mann und würde mit aller Wahrscheinlichkeit eines Tages Bischof werden. Dies war jedoch nur möglich, wenn er eine Frau hatte, die sich untadelig verhielt.

„Es ist mir egal", sagte sich Pandora mutig.

Kaum hatten sie den Salon erreicht, in dem sich die restlichen Gäste bereits versammelt hatten, erschien Sir Edward mit seinen Freunden.

Pandora erinnerte sich, daß sie ihn schon früher einmal gesehen hatte. Kurz bevor sie Chart verließ, hatte er ein Gut in der Grafschaft erworben.

Die Schauspielerinnen begrüßten ihn stürmisch, umarmten und küßten ihn, so daß man schnell zu dem Schluß kommen mußte, daß er nicht nur reich, sondern sicher auch sehr großzügig war.

Pandora schätzte ihn auf ungefähr vierzig. Aber er war so flott gekleidet, als hätte er die Absicht, jünger zu erscheinen.

„Sehr erfreut, dich in deiner rechtmäßigen Umgebung zu sehen, Norvin", sagte er zum Grafen. „Ich war noch niemals hier. Ein verdammt eindrucksvolles Haus. Was hast du damit vor?"

„Ich werde darin wohnen, denke ich", erwiderte der Graf.

Alles brach daraufhin in schallendes Gelächter aus.

„Nun, das dürfte nicht so schwer sein", sagte Sir Edward. „Es würde mich schon reizen, es dir beim Spiel abzunehmen."

„Es ist leider ein unveräußerliches Erbe", antwortete der Graf. „Aber ich versichere dir, daß mein Nachfolger nicht viel mehr als die leeren Wände bekommen wird." Pandora glaubte, nicht recht gehört zu haben. Was meinte er damit? Warum sprach er in solcher Weise über dieses wunderschöne Haus, das sogar eine Seite im Geschichtsbuch Englands bedeutete?

Gerade wollte sie ihn um eine Erklärung bitten, als Sir Gilbert neben ihr auftauchte.

„Ich habe mir vorgenommen, mich heute abend um Sie zu kümmern, kleine Pandora", erklärte er. „Und ich kann Ihnen gar nicht sagen, wie dieser Gedanke mich erfreut."

Während er sprach, hatte er ihre Hand ergriffen und führte sie jetzt an seine Lippen. Bei der Berührung erschauerte Pandora unangenehm.

Er war ihr genauso widerwärtig wie Prosper Witheridge, und sie fragte sich, warum sie das Pech hatte, immer derartig widerliche Männer anzuziehen.

„Ich hatte erwartet, heute abend einsam und ungeliebt zu sein", sagte Sir Gilbert, „aber jetzt weiß ich, daß der Abend so unterhaltsam und erfreulich verlaufen wird, daß schon der Gedanke daran mich erregt."

Sein Gesicht war ganz nahe vor dem ihren, so daß Pandora unwillkürlich einen Schritt zurückwich.

Sie hoffte, daß er während des Dinners nicht neben ihr sitzen würde, mußte zu ihrer Enttäuschung jedoch schnell feststellen, daß man ihm den Platz zu ihrer Linken gegeben hatte. Aber es erleichterte sie ein wenig, daß der Graf an ihrer rechten Seite Platz genommen hatte.

Kitty saß an der anderen Seite des Gastgebers. Sie nahm ihn völlig in Beschlag, indem sie ihn zum Lachen brachte und ihm in einer Weise ins Ohr flüsterte, wie es niemand jemals in Gegenwart ihrer Mutter gewagt hätte, als diese noch Gastgeberin hier war.

So blieb Pandora keine andere Wahl, als sich mit Sir Gilbert zu unterhalten. Dieser machte reichlich Gebrauch davon.

„Sie sind ganz entzückend", gestand er. „Ihre Augen geben einen außergewöhnlich interessanten Kontrast zu Ihrem Haar."

Er machte eine kleine Pause und fragte dann in anzüglicher Weise: „Darf ich sie durch das Feuer der Begierde zum Leuchten bringen?"

„Das klingt wie ein Auszug aus solchen Romanen, die Sie in der Bibliothek dieses Hauses bestimmt nicht finden werden", erwiderte Pandora kalt.

„Wollen Sie mich herausfordern, oder sind Sie einfach nur unfreundlich?" fragte Sir Gilbert.

„Derartige Fragen sind mir unbehaglich", antwortete Pandora.

Sie fürchtete sich nicht vor ihm, er langweilte sie einfach.

Sie würde sich viel lieber einfach nur umsehen und das Gefühl genießen, wieder in diesem schönen, großen Eßzimmer zu sitzen, in dem ihre Großeltern so viele Gäste bewirtet hatten, als sie noch ein kleines Mädchen war.

Nach dem Tod ihres Onkels George hatte es nicht mehr viele Festlichkeiten im Hause gegeben.

Nachdem dann auch ihre Großmutter gestorben war, hatte der Großvater allein am Tisch gesessen, dort, wo jetzt der Graf saß, und der alte Burrows hatte das Familiensilber aufgelegt.

„Wie viele Männer haben Sie schon geliebt?" hörte sie jetzt Sir Gilbert fragen.

„Noch kein Mann hat mich bisher geliebt", antwortete Pandora sachlich. „Aber ich würde mich viel lieber mit Ihnen über Pferde unterhalten. Besitzen Sie sehr viele?"

Er lachte amüsiert über ihren Versuch, ihn zu überlisten.

„Im Augenblick möchte ich am liebsten nur über ein bestimmtes, ganz entzückendes Fohlen sprechen", sagte er, „das man noch nicht an das Zaumzeug gewöhnt hat. Darf ich Ihnen sagen, daß ich diese Aufgabe mit großer Freude übernehmen würde?"

„Ich verstehe nicht, was Sie damit sagen wollen", erwiderte Pandora.

Sie war sehr froh, als die Unterhaltung unterbrochen wurde, da die Diener jetzt das Essen servierten. Dies waren Speisen, die nicht nur außergewöhnlich delikat zu sein schienen. Es waren außerdem Gerichte, die sie noch nie zuvor gegessen hatte.

Da sie von ihrer Mutter kochen gelernt hatte, versuchte Pandora herauszufinden, welche Zutaten hier verwendet worden waren.

Sie fragte sich, ob es wohl möglich sein würde, den Chefkoch zu sprechen, bevor sie Chart Hall wieder verlassen würde, um einige Rezepte von ihm zu erhalten.

Zwar würde sie keine Gelegenheit haben, diese im Palast auszuprobieren und dadurch die langweiligen Mahlzeiten ein wenig zu beleben, die ihre Tante immer bestellte. Aber eines Tages würde sie bestimmt für jemanden kochen können, der gute Speisen zu schätzen wußte.

„Ich sagte soeben", hörte sie die gurrende Stimme von Sir Gilbert an ihrem Ohr, „wie sehr es mich danach verlangt, Sie zu küssen, mein kleines, wildes Fohlen, und Sie alles über die Liebe zu lehren."

Er war entsetzlich langweilig und ging ihr auf die Nerven. Außerdem, dachte Pandora, hat er bereits zu viel getrunken.

Die Mahlzeit näherte sich dem Ende, und als Pandora sich umsah, stellte sie fest, daß die Mehrzahl der anwesenden Männer bereits „besoffen" war, wie ihr Vater zu sagen pflegte.

Sie hatten hochrote Gesichter und einen verschwommenen Blick, was sie in unangenehmer Weise daran erinnerte, wie Prosper Witheridge ihr ständig nachgesehen hatte.

Einige von ihnen hatten sich die Krawatten aufgebunden und sogar ihre Jacketts ausgezogen, was für Pandora der Inbegriff schlechten Benehmens war.

Die Stimmen der Frauen waren lauter geworden und klangen schrill.

Es schien, als wären ihre Kleider jetzt noch weiter ausgeschnitten, und wenn sie sich über den Tisch beugten, errötete Pandora bei dem Anblick dessen, was dann enthüllt wurde.

Wie froh war sie, daß ihr eigenes Kleid mit den kurzen Ärmeln einen diskreten Ausschnitt hatte und ihre Erscheinung nicht dazu beitrug, einen der Anwesenden herauszufordern.

Gleichzeitig dachte sie jedoch, daß sie im Vergleich zu den anderen wohl sehr unerfahren und unattraktiv wirken mußte.

Ein kleiner grauer Spatz, dachte sie lächelnd, inmitten von exotischen Paradiesvögeln.

Der Graf, der sich jetzt zum ersten Mal ihr zuwandte, hatte ihr Lächeln bemerkt und fragte sie: „Was amüsiert Sie denn so?"

„Ich war nicht wirklich amüsiert", erwiderte Pandora. „Ich habe nur darüber nachgedacht, daß ich zwischen all diesen farbenprächtigen Damen ein wenig fehl am Platz bin."

„Es war Ihre eigene Entscheidung." Seine Stimme klang barsch.

„Ich beklage mich doch auch gar nicht", entgegnete Pandora schnell. „Das dürfen Sie nicht glauben, denn Sie waren sehr freundlich zu mir. Es ist nur alles so anders als die Dinner-Partys im Palast."

„Das will ich auch hoffen", bemerkte der Graf.

„Wir hatten sehr reizende Partys in dem Pfarrhaus, in dem wir lebten", berichtete Pandora. „Papa wußte, wie er seine Gäste zum Lachen bringen konnte, und Mama liebte solche Gesellschaften, wenn wir sie uns leisten konnten."

„Waren Sie denn sehr arm?" fragte der Graf.

„Wir mußten jeden Pfennig sparen, damit Mama und Papa die Pferde halten konnten", antwortete Pandora.

Sie dachte plötzlich daran, daß es die gleichen Pferde waren, die ihr die Pflegeeltern genommen hatten, und ein Schatten legte sich für einen Augenblick auf ihr Gesicht. Dann spürte sie, daß der Graf sie beobachtete.

„Habe ich noch mehr solche Verwandte, wie Sie es sind?" fragte er.

„Die meisten von ihnen sind schon alt und auch ziemlich steif", gestand Pandora. „Seit Großvater aufgehört hatte, Gesellschaften zu geben, habe ich keine interessanten Familienmitglieder mehr kennengelernt."

„Wann war das?"

„Nach Waterloo, als Onkel George getötet wurde."

„Ein Ereignis, das mir persönlich sehr viel Glück gebracht hat."

„Ich kann mir nichts Schöneres vorstellen, als dieses Haus zu erben", gestand Pandora leise, „und das Oberhaupt einer Familie zu werden, die schon seit so vielen Generationen besteht."

„Und natürlich erwarten Sie von mir, daß ich ein ehrenhaftes Oberhaupt bin, das dem Familiennamen Ehre macht", sagte der Graf, und es bestand kein Zweifel daran, daß er sich jetzt über sie lustig machte.

„Aber warum sollten Sie etwas anderes wollen?" fragte Pandora. „Besonders, nachdem Sie so viel Glück hatten?"

Er starrte sie erstaunt an. In diesem Augenblick ertönte ein schriller Schrei vom anderen Ende der Tafel. Es war Hettie.

Der Herr, der zu ihrer Linken saß, hatte versehentlich oder weil er betrunken war, ein Glas Wein über ihren Rock gegossen.

„Du blöder Vollidiot!" schrie sie wütend, ergriff einen der kostbaren Teller, die auf dem Tisch standen, und zerschlug ihn auf seinem Kopf.

Dröhnendes Gelächter erscholl rund um den Tisch und Bemerkungen wie: „Geschieht ihm ganz recht! Bring ihm bei, wie man sich benimmt, Hettie!"

Pandora hielt den Atem an.

„Das war das chinesische Service", sagte sie leise zu sich selbst. „Mama hat die Diener immer ermahnt, besonders vorsichtig damit umzugehen."

Obwohl sie sehr leise sprach, verstand der Graf ihre Worte. Er beugte sich zu ihr hinüber.

„Gehen Sie jetzt zu Bett, Pandora", bat er. „Verabschieden Sie sich nicht, sondern gehen Sie ganz unauffällig hinaus."

Sie sah ihn mit großen Augen an und wollte protestieren, denn sie hatte Lust, noch ein wenig länger zu bleiben. Aber dann bemerkte sie eine gewisse Strenge in seinem Blick, die ihr vorher nicht aufgefallen war.

„Gute Nacht, Cousin Norvin", sagte sie leise, „und vielen Dank für Ihre Gastfreundschaft."

3.

„Ich bin ... nicht ... müde! Ich will ... noch nicht ... ins Bett!"

Kitty klammerte sich am Geländer fest, während sie protestierte, aber es gelang dem Grafen, ihre Finger zu lösen. Dann begann er sie die Treppe hinaufzutragen.

Wie die übrigen Gäste war auch Kitty betrunken.

Man hatte Sir Edward und seine Freunde mit großem Lärm verabschiedet, und jetzt begab sich die ganze Gesellschaft hinauf in die Schlafzimmer, während die Diener die Türen verriegelten und froh waren, endlich in ihre Unterkünfte gehen zu können.

Die Männer hatten sich ein wenig besser in der Gewalt als die Frauen.

Caro war bewußtlos. Richard trug sie schwankend auf den Armen. Hettie war noch immer ziemlich laut und verlangte, genau wie Kitty, noch einen Drink.

Endlich war es dem Grafen gelungen, Kitty die Treppe hinaufzuschaffen. Jetzt versuchte sie, ihn zum Tanzen zu überreden. Da erschien Mrs. Jenkins.

„Ich helfe Ihnen, Mylord", sagte sie und legte ihren Arm um Kittys Taille. Gemeinsam brachten sie sie über den Korridor in das wunderschöne Schlafzimmer, das früher die Komtessen von Chartwood bewohnt hatten.

Als sie endlich das Bett erreicht hatten, stellte der Graf fest, daß Kitty nun auch bewußtlos war.

„Aus und vorbei", bemerkte Mrs. Jenkins. „Ich bringe sie ins Bett, Euer Lordschaft."

Der Graf sah sie scharf an. Sie sprach undeutlich, und ihr Gesicht war hochrot und ihre Frisur völlig in Unordnung geraten. Offensichtlich war auch sie betrunken.

Sie ergriff Kittys Beine an den Fußgelenken und warf sie auf das Bett.

„Sie werden bis morgen früh nichts mehr von ihr hören, Mylord", sagte sie in ungehöriger Weise. „So kann Eure Lordschaft schlafen - allein."

Obwohl er sehr ärgerlich zu sein schien, gab der Graf keine Antwort. Schließlich sagte Mrs. Jenkins: „Alle anderen sind gut versorgt. Einer der Herren, Sir Gilbert, hat mir eine Guinee gegeben, damit ich ihm verrate, in welchem Zimmer Ihre Cousine schläft."

Der Graf blickte sie an.

Es schien, als wolle er etwas sagen, unterließ es dann jedoch, da der Zustand von Mrs. Jenkins eine vernünftige Unterhaltung unmöglich erscheinen ließ.

Er ging den Flur entlang in Richtung Rosenzimmer.

Obwohl er sich persönlich um die Verteilung der anderen Schlafzimmer gekümmert hatte, wüßte er nicht, wo seine Cousine untergebracht war, wenn sie nicht während des Dinners gesagt hätte: „Es ist so herrlich, wieder einmal hier zu sein und sogar im Rosenzimmer zu schlafen, in dem ich auch früher so gerne übernachtet habe."

Sie hatte ihm erzählt, daß sie immer, wenn ihre Eltern für längere Zeit fort waren, im Schloß gewohnt hatte.

Eigentlich hatte der Graf ihr noch viele Fragen stellen wollen, aber Kitty hatte seine Aufmerksamkeit in Anspruch genommen.

Er hatte jetzt das Rosenzimmer erreicht, das am Ende des Korridors lag, wo der Westflügel an das Haus stieß. Einen Augenblick zögerte er.

Kein Laut drang aus dem Zimmer, aber unter dem Türspalt konnte er einen Lichtschein sehen.

Er war erstaunt darüber, daß Pandora noch immer wach war.

Vorsichtig drückte er die Klinke hinunter. Sie gab nach, die Tür öffnete sich.

Es brannten nur zwei Kerzen, die auf dem kleinen Tisch neben dem Bett standen.

Er warf einen Blick hinter die silbernen Vorhänge und stellte fest, daß Pandora schlief. In den Händen hielt sie ein offenes Buch. Sie war beim Lesen eingeschlafen.

Er betrachtete ihr kleines, herzförmiges Gesicht mit den langen, natürlichen Wimpern, die sich gegen ihre zarte Haut abhoben.

Das Kerzenlicht unterstrich den Goldton ihrer Haare, der jedoch nicht mit der Farbe von Hetties Haar zu vergleichen war. Es war eher die Farbe der Morgendämmerung, wenn die Sonne im Osten gerade aufging.

Als hätten seine Gedanken Pandora im Schlaf erreicht und geweckt, öffnete sie jetzt die Augen.

Einen Moment lang sah sie ihn erstaunt an. Dann stieß sie erschreckt einen kleinen Schrei aus und setzte sich im Bett auf.

„Ich bin eingeschlafen, ohne die Kerzen auszublasen", begann sie schuldbewußt. „Das ist etwas, wovor Mama mich immer eindringlich gewarnt hat. Sie hatte Angst, ich könnte das Haus in Flammen setzen. Oh ... es tut mir so leid!"

Ihre Stimme klang so kleinlaut, daß der Graf lächeln mußte.

„Sie waren sehr müde", sagte er. „Nichts ist so anstrengend, als wenn man Sorgen hat oder sich fürchtet."

„Ich sollte mich eigentlich schämen, daß ich mich vor einem Prosper Witheridge gefürchtet habe."

Sie ist sich der Tatsache gar nicht bewußt, dachte der Graf, daß ich in ihrem Schlafzimmer bin. Zwar bin ich ihr Cousin, doch immerhin auch ein Mann.

Sie trug ein langes Nachthemd, das einen kleinen Kragen hatte und mit einer Litze verziert war.

Sie wirkte sehr jung und unberührt auf den Grafen, der jetzt sagte: „Ich habe noch Licht durch die Tür scheinen sehen und glaubte, daß Sie noch wach wären."

Pandora sah auf das Buch, das vor ihr lag. „Ich habe es mir aus der Bibliothek geholt, als ich hinaufging. Ich wollte es so gerne noch einmal lesen. Es ist eines meiner Lieblingsbücher."

Der Graf fragte nach dem Titel und dem Autor des Buches, und schon unterhielten sie sich angeregt über den Stil von Milton.

Schließlich sagte der Graf: „Da Ihnen das Buch so sehr gefällt, erlauben Sie mir, es Ihnen zu schenken."

Er sah, wie Pandoras Augen erfreut aufleuchteten. Dann jedoch sagte sie: „Das ist sehr freundlich von Ihnen, aber es ist ein sehr wertvolles Buch und gehört zu der Sammlung hier im Haus."

„Was bedeutet das denn schon?" fragte er. „Ich weiß, daß Sie es weitaus mehr schätzen werden, als ich oder meine Gäste es tun."

Ein zynischer Zug spielte um seine Lippen, als er an Kitty dachte, die jetzt bewußtlos und betrunken im Bett lag. Sie konnte kaum schreiben, und er war sich nicht sicher, ob sie mehr Buchstaben kannte, als auf den Geldscheinen zu sehen waren.

„Wenn die Bücher verliehen und nicht zurückgegeben werden, oder Sie sie verschenken, betrügen Sie doch Ihren Sohn um einen Teil seines Erbes", sagte Pandora nach einer Weile. „Und auch Ihre Enkel und deren Kinder."

„Meinen Sohn?" wiederholte der Graf überrascht.

„Mein Großvater hat mir einmal erklärt", begann Pandora, „daß die Grafen von Chartwood eigentlich nicht die wirklichen Besitzer all der Dinge sind, die sich im Schloß befinden. Sie haben nur die Aufgabe, diese wunderbaren Schätze aufzubewahren für ihre Nachkommen."

Sie sah den Grafen abwartend an, bevor sie sagte: „Vielleicht hielten Sie mich für sehr unverschämt, als ich mich während des Essens darüber aufregte, daß einer der Teller zerbrochen wurde. Aber dieses Service war ein Geschenk an einen unserer Vorfahren von einer Madame Pompadour, die große Anteile an der Porzellanfabrik besaß."

Ein wenig ängstlich beobachtete sie den Grafen, ob er vielleicht verärgert war. Dann sagte sie: „Mama war immer der Meinung, daß es viel zu kostbar war, um benutzt zu werden, außer zu ganz, ganz speziellen Anlässen."

„Was mich anbetrifft", erwiderte der Graf, „war heute abend eine solche spezielle Gelegenheit."

Pandora hatte das Gefühl, als spräche er nur, um mit ihr zu diskutieren.

„Haben Sie sich denn gut amüsiert?" fragte sie, ohne es sarkastisch zu meinen.

„Sehr sogar", erwiderte er herausfordernd.

„Was haben Sie denn noch gemacht, nachdem ich gegangen war?"

Die Frage klang beinahe sehnsüchtig, so als fürchtete sie, etwas versäumt zu haben.

Der Graf zögerte einen Augenblick, plötzlich wurde die Tür geöffnet und Sir Gilbert erschien.

Er trug jetzt einen langen, roten Hausmantel, unter dem die Rüschen seines Nachthemdes hervor lugten.

Als er den Grafen erblickte, blieb er augenblicklich in der Tür stehen, während Pandora ihn erstaunt ansah.

Der Graf erhob sich vom Bett, auf dessen äußerste Kante er sich gesetzt hatte.

„Ich fürchte, du hast dich verlaufen, Gilbert", sagte er sehr liebenswürdig. „Aber das ist in diesem großen Haus auch leicht möglich."

„Ich habe nicht erwartet, dich hier anzutreffen, Norvin", erwiderte Sir Gilbert.

„Ich habe lediglich meiner Cousine eine gute Nacht wünschen wollen. Wie du weißt, ist sie frühzeitig zu Bett gegangen, dann ist sie eingeschlafen, ohne die Kerzen auszublasen."

Offensichtlich hörte Sir Gilbert überhaupt nicht zu. Er starrte den Grafen lediglich wütend an.

Dieser ging auf ihn zu, und als er vor ihm stand, sagte Sir Gilbert: „Du hast Kitty. Ich sehe gar nicht ein, warum ich leer ausgehen soll."

„Ich werde sehen, was ich morgen für dich tun kann", versprach der Graf. „Aber jetzt möchte Pandora schlafen, ich auch."

Wieder bemerkte Pandora diesen strengen Ton, der ihr schon aufgefallen war, als er sie vorher zu Bett geschickt hatte.

Einen Augenblick lang blieb Sir Gilbert regungslos stehen. Dann drehte er sich um, stieß einen Fluch zwischen den Zähnen hervor und verließ das Rosenzimmer.

Der Graf sah Pandora an, die mit weit aufgerissenen Augen im Bett saß.

„Ich gehe jetzt in mein Zimmer", sagte er. „Sobald ich gegangen bin, werden Sie die Tür verschließen. Haben Sie mich verstanden? Sie werden aufstehen und die Tür abschließen und sie nicht wieder öffnen, bis man Sie morgen früh weckt."

Sie schien ihn im ersten Augenblick nicht zu verstehen. Dann jedoch kehrte die Farbe in ihr Gesicht zurück, und sie fragte: „Glauben Sie denn, daß Sir Gilbert noch einmal zurückkommen wird?"

„Es ist leicht möglich, daß die Leute sich in diesen langen Fluren verirren", erwiderte er ausweichend.

Dann wiederholte er: „Verschließen Sie die Tür, Pandora, und öffnen Sie sie nicht vor morgen früh? Ist das klar?"

„Ja, Cousin Norvin, und es - tut mir leid, daß ich die Kerzen habe brennen lassen."

Nachdem er gegangen war, stand sie gehorsam auf und ging zur Tür. Als sie den Schlüssel herumdrehte, dachte sie mit Schaudern daran, wie entsetzlich es hätte ausgehen können, wäre der Graf nicht bei ihr gewesen, als Sir Gilbert kam.

Nach allem, was er ihr während des Dinners gesagt hatte, wäre er zudringlich geworden, und vielleicht hätte niemand ihre Hilferufe gehört.

Sicher hat Mama mir Cousin Norvin geschickt, um auf mich aufzupassen, dachte sie.

Als sie wieder im Bett lag, war es ihr unmöglich einzuschlafen, und so dachte sie noch einmal über die Ereignisse dieses Tages nach.

Sie machte sich Gedanken darüber, welche dieser vielen Kostbarkeiten, die sich im Schloß befanden, wohl noch beschädigt worden waren, und sie fragte sich, ob es ihr gelingen würde, den Butler zu überreden, das kostbare Service zu verschließen und statt dessen ein anderes, sehr hübsches, aber nicht so wertvolles zu benützen, das schon während der Zeit ihres Großvaters in Gebrauch war.

Dann jedoch sagte sie sich, daß sie kein Recht hatte, sich in diese Dinge einzumischen.

Sie mußte dankbar sein, daß ihr Cousin so freundlich zu ihr war.

Sie kuschelte sich in die Kissen.

Ich bin sicher, daß er gar nicht so schlecht ist, wie man es von ihm erzählt und wie er vorgibt zu sein, dachte sie.

Sie konnte den Eindruck nicht loswerden, daß er lediglich die Rolle eines Bösewichtes spielte. Aber warum tat er das? Was für Gründe hatte er dafür?

Ein Wort von Milton kam ihr in den Sinn. „Die weisesten Männer haben sich geirrt und wurden von bösen Frauen verraten."

Sie fragte sich, welches Erlebnis er wohl gehabt hatte. Und noch während sie darüber nachdachte, schlief sie ein.

Pandora wurde durch ein Klopfen an der Tür geweckt. Erschrocken richtete sie sich auf und stellte erleichtert fest, daß die Sonne bereits ins Zimmer schien.

Eilig sprang sie aus dem Bett und öffnete die Tür. Draußen stand Mary und hielt ein Frühstückstablett in den Händen.

„Frühstück im Bett?" fragte Pandora. „Wie aufregend! Das ist etwas, was ich seit Jahren nicht mehr genossen habe!"

Ohne eine Antwort des Mädchens abzuwarten, lief sie zurück ins Bett, legte sich die Kissen in den Rücken und strich die Decke glatt.

Mary stellte das Tablett vor sie hin, und Pandora war begeistert von der Reichhaltigkeit dieses köstlichen Frühstücks. Es erinnerte sie an die Zeiten, in der ihre Mutter sie während einer Krankheit mit allerlei Delikatessen verwöhnt hatte.

Gerade wollte sie Mary davon erzählen, als sie bemerkte, daß die Augen des Mädchens rot und geschwollen waren. Noch immer liefen ihr die Tränen über das Gesicht.

„Was ist passiert, Mary?"

„Das kann ich Ihnen nicht erzählen, Miss Pandora", antwortete Mary. „Aber das hier ist wirklich ein böser Ort, jawohl, das ist er."

„Was ist denn geschehen?" fragte Pandora drängend.

„Ich sollte Ihnen solche Dinge nicht erzählen."

„Was für Dinge?"

Das Mädchen fingerte an der Schürze herum und schien zu überlegen, was es jetzt tun sollte, als es plötzlich in herzzerreißendes Schluchzen ausbrach. „Es ist so grausam und - gemein, Miss Pandora, ja das ist es - und böse. Ich habe nicht gewußt, daß es so etwas Schlechtes gibt."

Auf Pandoras Drängen hin, begann Mary ihr zu erzählen, was geschehen war, und Pandora war entsetzt über das, was sie erfuhr.

Der Agent, den der Graf damit beauftragt hatte, seine Geschäfte zu erledigen, hatte eine große Anzahl der langjährigen Arbeiter und Dienstboten entlassen, zum Teil sogar aus ihren Hütten geworfen, um darin seine eigenen Leute unterzubringen. Auch Marys Großmutter hatte ihr Heim verlassen müssen, so daß jetzt die Gefahr bestand, daß sie ins Arbeitshaus gesteckt wurde, wenn nicht Marys Vater schnellstens Arbeit fand, denn auch er war entlassen worden.

Mary erzählte, daß sie gestern abend die Tür von ihrem Zimmer verschlossen hatte, nachdem sie all die

Gerüchte darüber gehört hatte, was im Schloß angeblich vor sich ging.

Zu später Stunde hatte Mrs. Jenkins dann an die Tür geklopft und Mary aufgefordert herauszukommen. Das Mädchen hatte sich jedoch geweigert, weil sie ahnte, was die Haushälterin von ihr verlangen würde.

Am nächsten Morgen hatte Mrs. Jenkins ihr deswegen Vorwürfe gemacht, weil einer der Gäste verlangt hatte, daß Mary ihn in seinem Zimmer besuchen sollte. Als Mary sagte, daß sie ein anständiges Mädchen sei, war Mrs. Jenkins sehr wütend geworden und hatte ihr gedroht, daß sie und ihre Mutter ihre Arbeit verlieren und die Familie aus der Hütte geworfen würde, wenn Mary sich weiterhin weigern sollte, derartige Befehle zu befolgen.

„Was soll ich denn nur tun?" schluchzte sie jetzt verzweifelt. „Wenn man uns alle hinauswirft, wo sollen wir dann hingehen?"

Pandora war ganz ruhig. Gleichzeitig jedoch fühlte sie einen nie gekannten Zorn in sich aufsteigen. Jetzt verstand sie auch, warum die Dorfbewohner bei ihrem letzten Besuch so voller Furcht von dem neuen Grafen gesprochen hatten. Jetzt begriff sie auch, warum Leute wie Prosper Witheridge die Vorgänge im Schloß verurteilten.

Sie schlug die Decke zurück und stand auf.

„Jetzt hör mir gut zu, Mary", sagte sie. „Du wirst kein Wort zu Mrs. Jenkins sagen, bevor ich nicht mit Seiner Lordschaft gesprochen habe. Ich kann nicht glauben, daß er von all diesen Vorkommnissen eine Ahnung hat."

„Er wird sich nicht darum kümmern, Miss. Er hat Mr. Farrow entlassen, weil er angeblich zu alt war, und hat dann diesen neuen Agenten, Mr. Anstey, an seine Stelle gesetzt."

„Und was ist aus Mr. Farrow geworden?" fragte Pandora, während sie ihr Nachthemd auszog.

„Er war wirklich schon zu alt, um noch zu arbeiten. Aber er hatte immer gehofft, daß sein Sohn sein Nachfolger werden würde."

Pandora konnte sich noch gut an Michael Farrow erinnern.

„Er war ein wirklicher Gentleman, Miss. Zu jedem freundlich, der mit seinen Sorgen zu ihm kam. Nicht wie dieser Mr. Anstey."

„Was hat dieser Mann noch alles getan?"

„Er hat die Mieten erhöht, Miss, und wirft jeden hinaus, der mit der Zahlung auch nur ein paar Tage im Rückstand ist."

Sie warf einen Blick auf die Tür, sah dann Pandora an und senkte ihre Stimme zu einem Flüstern. „Er hat eine Frau, Miss, aber er ist hinter Mrs. Jenkins her. Deshalb kann sie auch hier den Ton angeben."

Pandora antwortete nicht. Sie ging zum Waschtisch und begann mit der Morgenwäsche.

„Erzähl weiter", forderte sie das Mädchen auf. „Ich möchte jetzt alles wissen."

Mary berichtete, daß der neue Butler ein Leben wie ein Graf führte, den besten Wein selber trank. Man erzählte sich sogar, daß er einige der kostbarsten, mit Diamanten besetzten Schnupftabakdosen des Grafen verkauft habe.

Pandora war sprachlos. Sie preßte die Lippen fest zusammen, damit sie nicht in Gegenwart von Mary etwas sagen würde, das sie späterhin bereuen würde.

Schweigsam kleidete sie sich an und ermunterte Mary von Zeit zu Zeit, mit ihrem Bericht fortzufahren.

Sie wählte ein einfaches, aber hübsches Baumwollkleid aus und frisierte ihr Haar, so schnell es ihr möglich war. Dann sagte sie zu Mary: „Erzähle niemandem, daß du mit mir gesprochen hast. Gib Mrs. Jenkins keine Widerworte, sondern befolge ihre Anordnungen, bis ich nach dir rufen lasse. Versprichst du mir das?"

„Ich verspreche es, Miss Pandora, aber mein Gott, ich will Sie doch nicht in Schwierigkeiten bringen."

„Ich habe sowieso schon so viele Schwierigkeiten, daß es auf ein paar mehr auch nicht mehr ankommt", erwiderte sie.

Plötzlich wurde ihr zum ersten Mal klar, daß sie sich in der gleichen Situation wie Mary befand, sollte der Graf über das, was sie ihm zu sagen hatte, in Wut geraten. Sie hatte alle Brücken hinter sich abgebrochen.

Wenn ihr Onkel ihr nicht verzeihen würde, wo sollte sie sich hinwenden?

Sie hatte die Geschichten, die man sich von dem neuen Schloßherrn erzählte, niemals geglaubt. Jetzt, als sie die große Treppe hinab eilte, wußte sie, daß jede einzelne Geschichte der Wahrheit entsprach.

Der Butler war nirgendwo zu sehen, nur einige Diener waren in der Halle.

Auf ihre Frage erfuhr Pandora, daß der Graf sich mit zwei seiner männlichen Besucher im Morgenzimmer befand.

„Bitten Sie Seine Lordschaft, zu mir zu kommen. Ich möchte mit ihm sprechen!" befahl sie einem der Diener.

Dieser war über den Ton, in dem sie mit ihm sprach, überrascht, aber er gehorchte.

Pandora fragte sich, was sie tun sollte, falls der Graf sich weigern würde, ihrer Bitte zu entsprechen. Aber bereits einige Sekunden später war er neben ihr. Sie bemerkte, daß er sich zum Reiten angekleidet hatte.

„Sie sind sehr früh ...", begann er, unterbrach sich aber sofort, als er den Ausdruck auf ihrem Gesicht sah. „Was ist passiert?"

„Ich muß mit Ihnen über etwas sehr Wichtiges sprechen. Können wir nicht in die Bibliothek gehen? Wir werden dort sicher ungestörter sein."

Sie sagte dies so, als hätte er keine Möglichkeit, ihre Bitte abzuschlagen, und als sie sich umdrehte, um zu gehen, folgte er ihr auch tatsächlich.

Der große Raum, dessen Wände von oben bis unten mit Büchern bedeckt waren, war vom Sonnenschein erfüllt, der Pandoras Haaren einen ganz besonderen Glanz verlieh. Aber ihre blauen Augen waren jetzt dunkel und zornig.

„Was ist denn geschehen? Was hat Sie so aufgeregt?" fragte er.

„Wissen Sie eigentlich, was in diesem Haus vor sich geht?"

Seine Mundwinkel zuckten spöttisch, als er antwortete: „Ich denke schon."

Als hätte sie seine Gedanken gelesen, erwiderte Pandora: „Ich spreche nicht von Ihren Freunden. Deren

Benehmen interessiert mich nicht. Aber wissen Sie auch, daß Mrs. Jenkins einem der Hausmädchen, einem sechzehn Jahre alten Mädchen, befohlen hat, in der letzten Nacht einen Ihrer Gäste in seinem Zimmer aufzusuchen? Und ich glaube, daß es sich um Sir Gilbert handelt, der nach ihr verlangt hat."

„Wovon reden Sie eigentlich?" fragte der Graf.

„Ich rede davon, daß Mary Clay, deren Familie ich seit meiner Kindheit kenne, vor zwei Tagen im Schloß als Hausmädchen zu arbeiten begonnen hat. Sie ist ein anständiges Mädchen, und obwohl sie sich ein wenig davor fürchtete, hat sie die Stelle doch angenommen, da die Familie das Geld dringend benötigt, seit Ihr neuer Agent den Vater dieses Mädchens entlassen hat."

„Das klingt alles ein wenig kompliziert."

„Es ist kompliziert!" zischte Pandora. „Aber wenn Sie mir freundlicherweise zuhören würden, könnten Sie verstehen, was ich Ihnen sagen will."

Sie zitterte vor Ärger und Wut, so daß der Graf erstaunt seine Brauen in die Höhe zog. Aber er setzte sich in einen der Ledersessel und schlug die Beine übereinander.

„Erzählen Sie weiter!" forderte er sie auf.

Pandora berichtete dem Grafen, was sie alles von Mary erfahren hatte. Als sie fertig war, herrschte einen Augenblick lang Stillschweigen. Dann sagte der Graf: „Ist das wirklich die Wahrheit?"

„Natürlich ist es die Wahrheit", erwiderte Pandora. „Ihre Freunde interessieren mich nicht, aber diese Leute sind Menschen, für die mein Vater gesorgt hat und die mit ihren Problemen zu meiner Mutter kamen."

Die Tränen stiegen ihr in die Augen, als sie von ihrer Mutter sprach, aber ihre Stimme war noch immer voller Zorn, als sie fortfuhr: „Mrs. Meadowfield, die sich um die Mädchen hier im Hause gekümmert hat, wurde entlassen. Statt dessen sitzt nun dieser alte Drachen an ihrer Stelle. Und ich erinnere mich, wie Sie mir gestern abend sagten, es ginge Sie nichts an, daß Burrows, der frühere Butler, nicht mehr hier ist."

Als der Graf wider Erwarten nichts entgegnete, sagte sie: „Burrows fühlte sich wie ein Mitglied der Familie. Aber zählen Sie doch jetzt einmal die Schnupftabakdosen und finden Sie heraus, wie viele von ihnen schon fehlen. Das Geld dafür ist in die Taschen des neuen Butlers gewandert, genau wie der beste Wein meines Großvaters seine Kehle hinabgeflossen ist."

Pandora holte erst einmal tief Luft, bevor sie weitersprach: „Ich habe nicht glauben wollen, daß all die Sachen, die man über Sie erzählt, wirklich wahr sind. Aber sie sind es. Sie geschehen in Chart Hall, das nun einmal ein Teil von Ihnen ist, ob Sie es wollen oder nicht."

Die Stimme schien ihr zu versagen, als sie fragte: „Wie können Sie nur so etwas tun? Wie können Sie so grausam - so gefühllos sein und das zerstören, wofür andere, in deren Adern das gleiche Blut floß wie in Ihren und meinen, gestorben sind?"

Die Tränen liefen Pandora jetzt über das Gesicht. Sie wischte sie nicht fort, sondern sah den Grafen mit großen, zornigen Augen an.

Für einen Moment sprach keiner von beiden ein Wort. Dann sagte er ernsthaft zu ihr: „Sie haben sehr offen gesprochen, und ich habe mir Ihre Anschuldigungen angehört. Aber jetzt möchte ich Ihnen meine Ansicht über diese Sache sagen."

Als sie nicht antwortete, fuhr er fort: „Seit ich mein Erbe angetreten habe, habe ich mein Bestes getan, um den Namen Chartwood zu verunglimpfen, und ich habe mir vorgenommen, alles was sich in diesem Hause befindet, zu vergeuden und in alle Welt zu zerstreuen. Ich habe damit bereits im Chartwood-Haus in London begonnen."

„Aber warum? Warum?" rief Pandora.

„Das will ich Ihnen ja gerade erzählen", antwortete der Graf.

Er hatte sich erhoben, als fiele es ihm leichter, im Stehen zu ihr zu sprechen. „Mein Vater war, wie Sie ja wissen, ein entfernter Cousin Ihres Großvaters. Als er sehr jung war, verliebte er sich in eine sehr schöne Frau. Sie wurde von der ganzen Chart-Familie geächtet, da sie eine 'Komödiantin' war, wie man meinte."

Pandora sah den Grafen überrascht an, und dieser fuhr fort: „Aber sie war nichts dergleichen. Sie hatte ein großes musikalisches Talent. Und da ihre Familie sehr arm war, benutzte sie dieses Talent, um ihren Lebensunterhalt und den ihrer Familie zu verdienen."

Seine Stimme klang zornig, als er fortfuhr: „Selbstverständlich trat sie auf öffentlichen Bühnen auf, und die Leute bezahlten sie, damit sie sie hören konnten. Dies allein genügte, um sie in den Augen dieser hochnäsigen Aristokraten verdammungswürdig zu machen."

Erregt lief der Graf einige Male in der Bibliothek auf und ab. Als Pandora nichts sagte, fuhr er fort: „Mein Vater, der von der ganzen Familie gemieden wurde, suchte sich allerlei Freunde, die zwar nicht immer besonders angesehen waren, aber er amüsierte sich wenigstens mit ihnen, solange er Geld hatte. Aber er besaß nicht sehr viel."

Seine Stimme klang bitter und zynisch, als er weitersprach. „Dann starb meine Mutter und mein Vater wurde krank, niemand interessierte sich mehr für ihn. Am wenigsten der Graf von Chartwood, der, wenigstens Ihrer Meinung nach, verpflichtet gewesen wäre, sich um die armen und kranken Mitglieder der Familie zu kümmern."

„Was ... geschah dann?" fragte Pandora.

„Mein Vater starb", erwiderte der Graf, „weil ich nicht genügend Geld für eine Operation auftreiben konnte, die für ihn lebenswichtig war."

„Haben Sie Großvater gebeten, Ihnen zu helfen?"

„Selbstverständlich habe ich den allmächtigen Grafen von Chartwood um Hilfe gebeten - das Oberhaupt der Familie - diese großartige Vaterfigur, der, ähnlich wie Gott, für uns alle sorgen sollte!" stieß der Graf bitter hervor. „Aber weder der Graf, noch Gott haben sich einen Dreck drum geschert!"

Pandora war unfähig, etwas zu erwidern.

„Mein Vater starb unter furchtbaren Schmerzen und völlig unnötig", fuhr der Graf fort. „Er war im Grunde genommen noch immer ein junger Mann, und die Operation wäre nicht besonders schwierig gewesen. Aber sie war unerläßlich für ihn, wenn er weiterleben sollte."

„Sind Sie sicher, daß Großvater sich geweigert hat, Ihnen zu helfen?" fragte Pandora.

„Er schrieb mir einen sehr charmanten Brief", erwiderte der Graf sarkastisch. „Er hatte zehn Pfund hineingelegt - zehn Pfund! - und ließ mich wissen, daß ich unter keinen Umständen auch nur einen Pfennig mehr von ihm erwarten könnte."

Er ließ sich in einen Sessel fallen. Es schien, als habe ihn die Heftigkeit, mit der er gesprochen hatte, völlig erschöpft.

„Es ... tut mir so leid ...", entgegnete Pandora und begann zu weinen. „Wann ist Ihr Vater gestorben?"

„1815."

„Nach Waterloo."

„Ich glaube, dieses denkwürdige Ereignis fand im selben Jahr statt", sagte der Graf.

„Ich erinnere mich - jetzt erinnere ich mich ganz genau, was damals passiert ist", erwiderte Pandora. „Aber ich hatte natürlich keine Ahnung, daß es Ihr Vater war."

"Wovon reden Sie eigentlich?"

„Ich war gerade von einem Reitausflug zurückgekehrt und fand Mama im Gespräch mit Papa. Sie schien mir sehr aufgeregt, und ich fragte sie, was geschehen sei. 'Es betrifft dich nicht', hatte meine Mutter geantwortet. Sie erzählte mir, daß mein Großvater wieder einmal einen seiner schlechten Tage gehabt hatte. 'Er ist ein völlig anderer Mensch geworden, seit George gefallen ist', sagte sie. Dann sah Mama Papa an. 'Charles', sagte sie, 'ich habe etwas Schreckliches getan.' Sie erzählte meinem Vater, daß Großvater an diesem Tage einen Brief von einem entfernten Verwandten erhalten hatte, dessen Inhalt Mama sehr aufgeregt hatte. Der Vater dieses entfernten Cousins war sehr krank und sein Sohn hatte Großvater um Hilfe gebeten. Mama hatte versucht, ihren Vater zu überreden, dem Cousin das Geld zu schicken, das er so dringend benötigte. Aber er wollte davon nichts hören. Statt dessen sagte er nur: 'Schick ihm fünf Pfund und schreibe ihm, er soll sich zur Hölle scheren.' Mutter weinte, als sie Vater davon erzählte. Und dann berichtete sie, daß sie von dem Haushaltsgeld, das der Vater ihr gab, damit sie die Diener und all die Rechnungen bezahlen konnte, noch fünf Pfund genommen hatte, denn sie war sicher, daß Großvater nichts davon merken würde.

'Ich weiß, daß es lange nicht ausreicht', hatte Mutter gesagt und geschluchzt.

'Ach, Charles, wenn wir doch nur reich wären. Es gibt so viele Menschen, denen ich helfen möchte.'

'Versuche, seine Adresse herauszufinden', hatte Papa daraufhin gesagt, 'ich will sehen, ob ich etwas für ihn tun kann.'"

Pandora warf dem Grafen einen kurzen Blick zu und stellte fest, daß dieser aufmerksam zuhörte.

Dann erzählte sie, daß ihr Großvater den Brief mit dem Absender des Cousins am nächsten Tag in einem Wutanfall ins Feuer geworfen hatte.

„Ich bin sicher, daß Papa Ihnen geholfen hätte, wäre es ihm möglich gewesen, Sie zu finden", erklärte sie. „Und Mama konnte sich nicht mehr an den Absender erinnern. Alles, was sie noch wußte, war der Name des Ortes: Islington. Aber Papa verbrachte einen ganzen Tag in dieser Nähe, doch es war ihm nicht möglich, jemanden zu finden, der eine Familie namens Chart kannte."

„Das ist kein Wunder, denn wir lebten in einer der billigsten Pensionen", antwortete der Graf bitter.

Er stand auf und ging ans Fenster, um in den Garten hinauszusehen.

„Ich habe einen so tiefen Haß gegen Ihren Großvater empfunden, daß er meine ganze Lebenseinstellung vergiftet hat", sagte er. „Aber ich wußte bis nach dem Tode meines Vaters nicht, daß er bereits seit drei Monaten der Erbe war."

„Und dann haben Sie erfahren, daß Sie der rechtmäßige Erbe geworden waren."

„Ich habe mir daraufhin Geld geliehen", erklärte der Graf. „Nicht sehr viel, weil die Geldverleiher bekanntlich nicht sehr großzügig sind und von ihren Schuldnern enorme Zinsen verlangen. Aber genug, um einen kleinen Vorgeschmack von dem Leben zu bekommen, das ich führen würde, wenn ich nicht nur den Titel, sondern auch ein Vermögen erben würde."

Pandora fühlte, wie ihr Zorn sie verließ. Statt dessen fühlte sie sich entwaffnet und schwach.

„Es tut mir leid, daß ich so heftig gewesen bin", entschuldigte sie sich nach einer kleinen Weile. „Ich habe die Beherrschung verloren, ich weiß, daß es nicht recht war, wie Großvater sich verhalten hat. Aber ein solches Verhalten sah ihm eigentlich gar nicht ähnlich."

„Ich glaube, wir können beide verstehen, daß er mich genauso haßte, wie ich ihn", sagte der Graf.

„Ich habe seine beiden Söhne sehr verehrt", erzählte Pandora. Es schien, als hätte sie die Worte des Grafen nicht gehört. „Und ich glaube, jeder Mann wünscht sich einen Sohn. Auch Papa, der mich sehr geliebt hat, wäre über einen Sohn noch glücklicher gewesen. Leider konnte meine Mutter keine weiteren Kinder bekommen."

Sie sagte es ein wenig traurig, fügte dann aber hinzu: „Aber Sie sollten viele Kinder bekommen. Wie sehr habe ich mir als Kind noch viele Geschwister gewünscht, mit denen ich hätte spielen können."

„Ich habe mich entschlossen, den Namen Chartwood aussterben zu lassen", erwiderte der Graf abrupt.

„Wie können Sie nur so unvernünftig sein?" fragte Pandora. „Schon gestern abend habe ich Ihnen gesagt, daß Sie einer der glücklichsten Menschen sein müßten. Statt dessen ruinieren Sie Ihr Leben."

„Sind Sie wirklich der Meinung, daß mein Leben ruiniert ist?" fragte der Graf.

„Nun, Sie können sich doch nicht ewig mit solchen ..."

„Fahren Sie fort", bat der Graf. „Lassen Sie mich hören, was Sie von meinen Freunden halten - die einzigen Freunde, die ich habe."

„Ich frage mich nur, wie lange diese Leute noch Ihre Freunde wären, wenn Sie kein Geld besäßen", stieß Pandora hervor.

Zuerst starrte der Graf sie wortlos an, dann fing er an zu lachen. „Sie sind in der Tat sehr ehrlich, meine heilige, kleine Cousine. Überlassen Sie mich meinen Sünden - ich ziehe diese Art zu leben vor."

„Sie können sündigen, soviel sie wollen, niemals würde ich versuchen, Sie davon abzuhalten", sagte Pandora. „Aber Sie können doch ein junges Mädchen wie

Mary nicht zwingen, sich einem so widerlichen, tierischen Mann zur Verfügung zu stellen, wie demjenigen, der gestern nacht in mein Zimmer kam."

Sie schüttelte sich voller Ekel. „Ich war so dankbar, daß Sie bei mir waren, um mich vor dieser Bestie zu schützen."

Ihre Stimme bekam einen zärtlichen Klang, als sie sagte: „Bevor ich dann einschlief, dachte ich noch, daß Sie bestimmt nicht so schlecht sein könnten, wie die Leute von Ihnen sprechen - aber jetzt bin ich mir nicht mehr so sicher."

„Das ist eine zwingende Einladung, Ihnen zu beweisen, daß ich nicht nur so schlecht bin wie Sie denken, sondern daß ich noch viel schlechter bin."

„Und das würde Ihnen Befriedigung verschaffen?" fragte Pandora. „Wenn Sie sehen, wie Sie nur weinende, verletzte und hungernde Menschen hinter sich zurücklassen? Sich zu beweisen, daß Sie grausam, hart und böse sind? Nun, ich wage zu behaupten, daß die Familie eine ganze Menge solcher Männer überlebt hat."

Sie sah ihn zornig an, als sie weitersprach: „Es gab einmal einen Chart, der die Revolutionäre unterstützte und ihnen das Versteck seines eigenen Bruders verriet. Und ich glaube, daß Sie in den Geschichtsbüchern noch viele solcher Charts finden werden. Ich hoffe, Sie werden sich in ihrer Gesellschaft wohl fühlen."

Noch während sie sprach, war sie aufgestanden und ging nun zur Tür.

„Wohin gehen Sie?" fragte der Graf.

„Ich gehe nach Lindchester zurück und werde die Familie Clay mitnehmen. Da ich aber nicht annehmen kann, daß mein Onkel mir verzeihen wird, werde ich vor allen Menschen, die ein Herz besitzen, auf die Knie fallen. Ich bin überzeugt, daß es irgendwo noch Menschen gibt, die wissen, was ein Herz ist. Sogar unter denen, die Sie so arrogant als 'scheinheilig' bezeichnen."

Ihre Hand lag bereits auf der Klinke, als der Graf sagte: „Kommen Sie her, Sie kleine Giftspinne."

Sie gehorchte ihm zwar nicht, aber sie verließ auch nicht den Raum.

„Ich glaube, jeder würde bemerken, daß wir verwandt miteinander sind", sagte der Graf. „Wir haben beide den gleichen Sturkopf, wenn es darum geht, unser Ziel zu verfolgen."

Pandora ging einen Schritt auf ihn zu. „Sie werden Mary Clay helfen?"

„Ich glaube, daß es nicht sehr vernünftig ist, wenn die Pächter für die Sünden der Väter büßen sollen."

Pandora lief jetzt zu ihm hin.

„Was sagen Sie da?" fragte sie. „Erklären Sie es mir bitte in einfachen Worten."

Er blickte ihr eine Weile in die bittenden Augen, bevor er sagte: „Wissen Sie, wo die frühere Haushälterin - wie war doch ihr Name - zu finden ist? Kennen Sie ihre Adresse?"

„O ja", beteuerte Pandora atemlos.

„Und Burrows, der ehemalige Butler? Ich kann mich noch recht gut an ihn erinnern."

„Er lebt im Dorf."

„Würden Sie sich zutrauen, sie alle herzubringen?"

„Oh, Cousin Norvin! Ist das wirklich Ihr Ernst?"

„Sie wissen doch, daß ich Ihnen Ihr Lieblingsbuch 'Das wiedergewonnene Paradies' versprochen habe", erinnerte er sie.

„Es ist genau das, was Sie mir jetzt schenken", sagte Pandora. „Und was ist mit - Mr. Anstey?"

„Was soll mit ihm sein?"

„Mr. Farrow, den jedermann geliebt hat, ist ja nun schon zu alt, um noch zu arbeiten. Aber sein Sohn Michael kennt das Gut sehr gut. Er hat mit seinem Vater während der letzten Jahre zusammengearbeitet, und er weiß genau Bescheid."

Sie hoffte, daß er sie verstand. „Sie werden keine Umstände dadurch haben. Aber es wird hier alles wieder so sein, wie es war, als ich als kleines Mädchen hierherkam; und es war so wunderschön - wie im Paradies."

„Also gut, Sie sollen Ihren Willen haben", bestimmte der Graf plötzlich. „Sagen Sie Farrow, er soll in ungefähr zwei Stunden bei mir vorsprechen."

Ein wenig zynisch fügte er hinzu: „Und jetzt beeilen Sie sich besser, bevor ich meine Meinung ändere. Auf jeden Fall wird es hier im Haus einen Aufstand geben, und Sie tun gut daran, zu verschwinden, wenn Sie nicht mit hineingezogen werden wollen."

„Ich kann das alles noch gar nicht recht glauben. Es ist so wundervoll! Oh, Cousin Norvin, ich wußte ja, daß Sie nicht wirklich so schlecht sind, wie Sie sich zeigen."

Sie rannte zur Tür und sah sich dann noch einmal um. „Vergessen Sie nicht, die Schnupftabakdosen zu zählen. Sie sind wirklich sehr wertvoll."

Während sie durch den Flur lief, hörte sie den Grafen lachen.

Sie riß die Tür zu ihrem Zimmer auf und läutete nach Mary.

Dann beruhigte sie das Mädchen und schärfte ihm nochmals ein, zu keinem Menschen ein Wort zu sagen. Es würde alles sehr bald in Ordnung kommen.

Einige Minuten später ging sie mit frohem Herzen auf den See zu und überquerte die alte Brücke. Als sie sich umdrehte, sah sie das Schloß, das sich majestätisch gen Himmel streckte.

Und plötzlich durchfuhr sie die Erkenntnis, daß es Chart Hall war, das diese Schlacht gewonnen hatte. Sie war sicher, daß dieses Schloß, das so viele Höhen und Tiefen während all den Jahren überlebt hatte, eines Tages selbst zu dem jungen Grafen gesprochen hätte, so daß er wieder zur Vernunft gekommen wäre.

Dann sah sie die Kutsche auf sich zukommen.

Zuerst fuhr sie zu Michael Farrow. Sowohl er, als auch sein Vater freuten sich von Herzen, sie wiederzusehen.

„Wir vermissen Ihren Vater und Ihre Mutter sehr", erklärte Mr. Farrow. „Das ganze Dorf vermißt sie. Die Verhältnisse sind nicht mehr so, wie sie einmal waren."

„Das ist auch der Grund, warum ich zu Ihnen gekommen bin. Ich möchte etwas Wichtiges mit Ihnen besprechen."

Mr. Farrow sah sie fragend an, als Michael, der sich die Hände gewaschen hatte, eintrat.

Sie berichtete ihm, daß der Graf entschieden hatte, daß Mr. Anstey nicht zufriedenstellend arbeitete. Sie hatte ihm dann vorgeschlagen, daß Michael die Leitung des Gutes übernehmen sollte. Sein Vater würde ihm anfangs zur Hand gehen können, bis er selbständig arbeiten konnte.

Im ersten Augenblick sahen die beiden Männer sich fassungslos an. Dann sagte Mr. Farrow ganz ruhig: „Wollen Sie mir erzählen, daß Seine Lordschaft in Zukunft auf die Dienste des Mr. Anstey verzichten will?"

„Ich hoffe und bete, daß Seine Lordschaft ihn bereits aus dem Haus gewiesen hat, wenn Michael in Hall eintrifft", antwortete Pandora. „Seine Lordschaft erwartet ihn in zwei Stunden."

Sie wartete den Dank der beiden überraschten Männer nicht ab, sondern eilte zum Haus der Mrs. Meadowfield.

Mrs. Meadowfield hatte bereits graue Haare, war aber noch voller Energie. Begeistert begrüßte sie Pandora.

Und wieder sprach man über ihre Eltern, wie sehr sie von allen Dorfbewohnern verehrt worden waren und wie sich die Dinge in der letzten Zeit verändert hatten.

„Mrs. Meadowfield, ich bin gekommen, um Sie zu fragen, ob Sie mit mir jetzt nach Hall zurückgehen wollen?"

„Nach Hall zurück?" fragte die Frau erstaunt. „Wozu denn das?"

Pandora berichtete, was geschehen war. „Sie wollen mir sagen, daß Seine Lordschaft mich wieder in meiner alten Stellung haben will?" fragte Mrs. Meadowfield. „Nun, Pandora, nach allem, was man mir angetan hat ..."

„Bitte, Mrs. Meadowfield, kommen Sie mit mir", unterbrach Pandora sie. „Die einzige, die alles wieder in

Ordnung bringen kann, sind Sie. Und jetzt ist es höchste Zeit, daß etwas getan wird.“

Die anklagenden Worte erstarben Mrs. Meadowfield auf den Lippen. Sie konnte den bittenden Augen von Pandora nicht widerstehen.

Es dauerte nur einige Minuten, bis sie Hut und Mantel ergriffen hatte, und schon machten sie sich auf den Weg.

Bis zu Mr. Burrows war es nicht weit. Als sie jetzt an der Kirche und gleich danach an dem Haus vorbeifuhren, in dem Pandora so viele Jahre glücklich war, wußte sie, daß ihre Eltern jetzt stolz auf sie sein würden, und sie war überzeugt davon, daß sie ihr geholfen hatten.

Erst als sie sich auf dem Heimweg befanden, dachte Pandora an die Gäste des Grafen. Sicher würde Mr. Burrows entsetzt über deren Benehmen sein. Vielleicht sollte sie ihn darauf vorbereiten. Dann jedoch sagte sie sich, daß er ein erfahrener Butler war, den eine solche Situation nicht so leicht aus der Fassung bringen konnte.

Sie mußte endlich aufhören, sich unnötige Sorgen zu machen.

Pandora befahl dem Kutscher, am Hintereingang zu halten, da sie wußte, daß sowohl Mrs. Meadowfield als auch Mr. Burrows dies von ihr erwarteten.

Als sie dann schließlich die Stufen zum Hauptportal emporstieg, sah sie bereits an den Gesichtern der Diener, daß sich in der Zwischenzeit einiges im Schloß ereignet hatte.

In der Halle entdeckte sie den schwarzen Hut von Michael Farrow, der also auch schon eingetroffen war.

Sie stieg die Treppe hinauf und ging in ihr Schlafzimmer. Als sie gerade den Hut absetzte, kam Mary herein.

„Oh, Miss Pandora, es ist so viel passiert!" rief sie aufgeregt. „Wer hätte so etwas erwartet?"

„Was ist denn geschehen?" fragte Pandora.

Mary berichtete ihr, daß der Graf, sofort nachdem sie das Haus verlassen hatte, Mrs. Jenkins und Mr. Dalton zu sich gerufen hatte. Als er ihnen dann den Stuhl vor die Tür gesetzt hatte, waren beide sehr unverschämt geworden.

Mr. Anstey soll sogar dem Grafen mit der Faust gedroht haben. „Diesen Tag werden Sie noch bereuen", hatte er gesagt. „Sie alle werden diesen Tag noch bereuen!"

Pandora war erleichtert.

Der Graf hatte also sein Wort gehalten. Mr. Anstey war fort, sie konnte nur hoffen, daß ihm alle die neuen Bewohner der Hütten bald folgen würden.

Pandora ging fröhlichen Herzens hinunter in den Salon, in dem sie jedoch nur eine hohläugige Hettie vorfand, die sich mit Freddie und Clive unterhielt. Alle anderen lagen noch in den Betten, da sie am Vorabend zu betrunken gewesen waren.

Plötzlich sagte Clive: „Wo ist eigentlich unser Gastgeber? Ich habe ihn heute noch gar nicht gesehen. Ich dachte, daß er mit uns ausreiten würde."

„Ich denke, er hatte andere Dinge zu erledigen", erwiderte Pandora.

„Nun, wenn er sie gemeinsam mit Ihnen erledigt hat", warf Hettie ein, „dann wird Kitty Ihnen die Augen auskratzen. Ich warne Sie, Kitty ist sehr eifersüchtig und macht nicht viele Worte - sie handelt."

„Es besteht nicht der geringste Grund für Kitty, eifersüchtig auf mich zu sein", erwiderte Pandora. „Ich bin nur eine arme Verwandte, für die sich niemand besonders interessiert."

Die beiden Männer lachten, aber Hettie sagte: „Nun gut, aber behaupten Sie nicht, ich hätte Sie nicht gewarnt."

Jetzt erschien der Graf, und Pandora sah ihm sofort an, daß er sich köstlich amüsiert hatte.

Er scheint geradezu aufzublühen, wenn er Schwierigkeiten zu bewältigen hat, dachte Pandora. Aber das ist eine typische Eigenschaft der Charts.

„Wo bist du denn die ganze Zeit gewesen?" fragten ihn die beiden Männer. „Wir hatten gehofft, mit dir ausreiten zu können. Aber du hast anscheinend die ganze Zeit im Sessel verbracht."

„Ich war im Gegenteil sehr beschäftigt mit einigen Angelegenheiten, die das Schloß und das Gut betreffen", erwiderte der Graf.

Dabei sah er Pandora an, die, ohne zu wissen, was sie tat, ihre Hand in die seine legte.

„Es war alles sehr aufregend", flüsterte sie leise.

Die Finger des Grafen schlossen sich fest um ihre Hand, und erst, als sie Hetties mißtrauischen Blick bemerkte, fragte sie sich, ob sie wohl zu indiskret gewesen war.

4.

Als sie die Mahlzeit beendet hatten, erhob sich der Graf und sagte: „Ich werde jetzt ausreiten."

Er hatte nur sehr wenig gegessen und war während der ganzen Zeit recht abwesend erschienen. Pandora jedoch glaubte zu wissen, was ihn so sehr beschäftigte.

Clive und Richard sahen den Grafen erwartungsvoll an, da sie auf eine Einladung hofften, ihn zu begleiten.

Statt dessen sagte der Graf: „Wenn Sie nicht zu müde sind, Pandora, möchte ich Sie bitten, mit mir zu kommen. Es gibt einige Dinge, die ich gerne sehen möchte und die nur Sie mir zeigen können."

Erfreut stimmte Pandora zu und eilte dann sofort hinauf in ihr Zimmer, um ihr Reitkostüm anzuziehen.

Es war nicht mehr das neueste, aber es hatte einen guten Sitz, und sie konnte sich darin durchaus sehen lassen.

Da Pandora wußte, wie sehr Männer unpünktliche Frauen haßten, beeilte sie sich ganz besonders beim Umziehen.

Es dauerte nur einige Minuten, bis sie wieder die Treppe hinuntereilte. In der Halle wartete bereits der Graf auf sie. Vor der Tür standen zwei wunderschöne, edle Pferde, wie sie Pandora noch nie zuvor in ihrem Leben gesehen hatte.

Der Graf hob sie in den Sattel, und als er seine Hände um ihre Taille legte, spürte sie seine Stärke.

Sie sah zu ihm hinab, ihre Blicke trafen sich, und sie wußte plötzlich nicht mehr, was sie gerade noch hatte sagen wollen. Sie wußte nur, daß er lächelte. Die sarkastischen Züge in seinem Gesicht waren verschwunden.

Er sah sie eine Weile an, und Pandora hätte nicht sagen können, ob Stunden oder nur einige Sekunden vergangen waren.

Sie spürte, daß es sehr aufregend war, wieder einmal durch die geliebte Landschaft reiten zu können.

Erst als sie die Brücke erreicht hatten, fragte sie: „Wohin möchten Sie reiten?"

Der Graf gab zu, erst sehr wenig von seinem Gut gesehen zu haben und überließ die Entscheidung Pandora.

„Dann werde ich Ihnen die Farmen zeigen", sagte sie, „und Ihnen ein wenig von den Menschen erzählen, die für uns arbeiten."

Plötzlich wurde ihr bewußt, daß sie sich mit Chart identifizierte. Gleichzeitig fragte sie sich jedoch in Gedanken: Warum auch nicht?

Sie war genauso gut ein Teil davon wie er, nur daß er die Macht besaß, und wenn er wollte, auch die Ehre.

Sie ritten zu der größten Farm, die von einer Familie mit vier Söhnen bewirtschaftet wurde und die schon so lange dort lebten, wie Pandora zurückdenken konnte.

Die Söhne waren zu dieser Zeit auf den Feldern. Aber der Vater begrüßte Pandora sofort herzlich, als er sie erkannte. Dann jedoch stellte sie ihm den Grafen vor. Sofort herrschte eisige Stille. Der Mann und seine Frau sahen ihn abwartend an.

Dann sagten sie: „Wenn Sie gekommen sind, um uns hinauszuwerfen, Mylord, dann können wir auch nichts dagegen tun. Wir haben uns in den letzten sechs Monaten abgeschuftet, aber die einzige Möglichkeit, das Geld zu bezahlen, ist die, daß ich mein Vieh verkaufe. Und jeder Farmer weiß, daß das den Anfang vom Ende bedeutet."

„Sprechen Sie von der Miete?" fragte der Lord.

„Wovon denn wohl sonst?" erwiderte der Farmer gereizt.

„Wie viel mehr müssen Sie denn bezahlen, seit ich das Erbe angetreten habe?"

Erstaunt sahen die beiden alten Leute ihn an. „Ich denke, die Erhöhungen waren eine persönliche Anordnung Eurer Lordschaft?"

„Da irren Sie sich", erwiderte der Graf scharf.

Nun erfuhr er, daß Mr. Anstey die Mieten um mehr als das Doppelte erhöht hatte. Außerdem hatte er angeordnet, daß zehn Prozent der Erlöse, die die Farmer auf dem Markt erlangten, abzugeben waren. Was dann noch übrig blieb, davon konnte niemand existieren, das wußte auch der Graf.

Er hatte dem Farmer schweigend zugehört. Jetzt sagte er nach kurzem Nachdenken: „Offensichtlich ist hier etwas nicht korrekt. Sie werden von nun an wieder das gleiche bezahlen, wie vor meiner Zeit. Und selbstverständlich gehören die Erlöse, die Sie auf dem Markt erzielen, in voller Höhe Ihnen. Schließlich ist das der Lohn Ihrer Arbeit."

Ungläubig und fassungslos starrten die beiden alten Leute den Grafen an, so daß Pandora die Tränen in die Augen stiegen.

Dann überhäuften sie ihn mit Dankesworten und bestanden darauf, daß er und Pandora in ihr Haus kamen, um von ihrem selbstgebrauten Bier und dem selbstgeräucherten Schinken zu kosten.

Mit vielen Segenswünschen wurden sie schließlich verabschiedet.

Als sie auf der nächsten Farm ankamen, spielte sich das Gleiche ab.

Pandora beobachtete, daß der Graf jetzt seine wahre Freude hatte. Er war selbst lange genug arm gewesen, um nun nicht die Stellung zu genießen, in der er sich befand und durch die er die Macht besaß, das Elend dieser Leute zu lindern.

Pandora versuchte, dem Grafen zu erklären, warum das Erbe, das er angetreten hatte, so wichtig war. Aber das Gespräch endete wieder in einem neckischen Wortgefecht. Es erschien Pandora, als würden sie ständig miteinander kämpfen. Aber sie wußte, daß in diesen Gefechten so manches ehrliche Wort zwischen ihnen ausgesprochen wurde.

„Es gibt so viele Dinge auf Chart, die dringend getan werden müssen", sagte sie.

„Was für Dinge?"

„Es müssen neue Häuser gebaut und neues Land kultiviert werden. Nach dem Tod von Onkel George hat mein Großvater die Dinge etwas 'schleifen' lassen, wie mein Vater zu sagen pflegte."

„Ich verstehe schon, was Sie sagen wollen", warf der Graf ein. „Sie wollen mich überreden, auf Chart zu leben. Aber glauben Sie mir, ich ziehe mein wildes, ungezügeltes Leben in London vor."

Seine Worte klangen ein wenig aggressiv, und Pandora war überzeugt davon, daß er sie herausfordern wollte.

„Es gibt ein sehr interessantes Gleichnis in der Bibel", erwiderte sie nach einer Weile. „Es handelt von dem verlorenen Sohn."

„Aber der aß Wurzeln und lebte mit den Schweinen", erwiderte er spöttisch.

„Sie müssen aber auch langsam aufpassen, mit welchen Leuten Sie sich umgeben", antwortete sie herausfordernd.

„Wenn Sie von meinen Freunden sprechen, dann haben Sie jetzt eine Tracht Prügel verdient", sagte der Graf.

Sie hatte gespannt auf seine Reaktion gewartet, und jetzt lachte sie ihn über die Schulter an, berührte ihr Pferd mit der Peitsche und galoppierte in rasendem Tempo davon.

Erst kurz vor dem Schloß gelang es ihm, sie einzuholen.

Als sie in die Halle kamen und Pandora das Gelächter und Geschwätz der anderen hörte, fiel ihr auf, daß sie die Gäste völlig vergessen hatte.

Schnell zog sie sich um. Sie wählte ein einfaches Nachmittagskleid, und als sie wenig später den Salon betrat, stellte sie erstaunt fest, daß alle schon wieder eifrig beim Trinken waren. Sie redeten sehr laut, aber als Pandora in der Tür erschien, fragte Kitty aggressiv: „Wo, zum Teufel, sind Sie die ganze Zeit gewesen? Ich habe gehört, daß Sie mit meinem jungen Freund ausgeritten sind."

„Ich habe meinem Cousin seinen Besitz gezeigt", erklärte Pandora. „Aber ich befürchte, daß wir völlig vergessen haben, auf die Zeit zu achten."

„Sicher hatten Sie ihm so viel zu erzählen", bemerkte Kitty böse.

Burrows brachte den Tee herein und wies den Diener an, das Tablett mit dem Gebäck vor Pandora zu stellen.

„Möchte noch jemand eine Tasse Tee trinken?" fragte Pandora höflich.

Alle lehnten ab, dann jedoch hörte Pandora, wie eine Stimme, die sie in sehr unangenehmer Erinnerung hatte, neben ihr sagte: „Ich würde gerne eine Tasse trinken."

Zu ihrem Entsetzen war Sir Gilbert bereits von seinem Besuch bei Sir Edward zurückgekehrt. Doch Pandora war höflich genug, ihm eine Tasse einzuschenken, er setzte sich neben sie.

Wie sie erwartet hatte, überschüttete er sie wieder mit albernen Komplimenten. Was immer sie erwiderte, wie unfreundlich sie auch war, er gab nicht auf.

Zu ihrer Erleichterung erschien schließlich der Graf. Er wurde mit lauten Freudenrufen begrüßt, ignorierte sie jedoch und ging geradewegs auf Pandora zu.

In der Hand trug er ein seidenes Taschentuch, in das offensichtlich irgendetwas eingewickelt war. Er legte es Pandora auf den Schoß.

Als sie ihn überrascht ansah, sagte er: „Sie hatten recht - Farrow hat sie gefunden. Er hatte darauf bestanden, Daltons Gepäck zu durchsuchen, bevor dieser das Haus verließ."

Pandora öffnete das Taschentuch und erblickte die Schnupftabakdosen. Sie stieß einen kleinen Freuden-schrei aus. „Oh, wie froh bin ich!" rief sie, nachdem sie auch noch gehört hatte, daß die anderen Dosen, die auch noch vermißt wurden, wiederbeschafft werden konnten, da Dalton ihnen die Adressen der Käufer gesagt hatte.

Der Graf wollte gerade etwas sagen, als es eine Unter-brechung gab.

„Warum, zum Teufel, machst du ihr Geschenke?" fragte Kitty wütend. Sie wollte Pandora die Dose entrei-ßen, die diese in der Hand hielt. Jedoch der Graf hinderte sie daran.

„Dies sind keine Geschenke für Pandora", erklärte er. „Sie gehören in dieses Haus, und einer meiner Diener hatte sie gestohlen."

„Du glaubst doch nicht, daß ich dir diesen Unsinn abkaufe!" schrie Kitty. „Und selbst, wenn es wirklich so ist - gib sie mir!"

„Du kannst nichts damit anfangen", erwiderte der Graf ruhig. „Denn du kannst sie weder um den Hals noch an deinen Ohren tragen."

„Es sind Diamanten drauf, und die kann man verwerten."

Pandora schickte sich an, die Dosen wieder an den Platz zu stellen, an den sie gehörten.

Aber mit einem wütenden Aufschrei stürzte sich Kitty auf sie, um sie daran zu hindern.

„Das reicht, Kitty!" rief der Graf nun ärgerlich. „Benimm dich anständig! Ich habe es dir doch erklärt - die Schnupftabakdosen gehören in dieses Haus, und niemand wird sie hinaustragen."

Als Pandora nun zwei der Schnupftabakdosen in die Bibliothek trug, dachte sie daran, daß es im Schloß dringend an einem Verwalter fehlte, der den Katalog auf dem laufenden hielt. Sie dachte daran, gleich morgen früh Michael Farrow zu fragen, ob er nicht einen geeigneten Mann für diesen Posten vorschlagen konnte.

Gleich darauf wies sie sich jedoch zurecht. Das ging zu weit. Sie hatte nicht das Recht, sich in dieser Weise einzumischen.

Wenn sie dem Grafen helfen wollte, mußte sie vorsichtig vorgehen. Aber es fiel ihr außerordentlich schwer, geduldig zu sein, denn schon am Freitag würde ihr Onkel zurückkommen. Der Gedanke an das, was ihr dann noch bevorstand, schwebte wie ein Damoklesschwert über ihrem Haupt.

Aber es bleiben mir noch zwei Tage, dachte sie gleich darauf mit einem Gefühl der Freude. Und sie nahm sich vor, jede Minute dieser beiden Tage auszunutzen.

Sie rannte hinauf in ihr Zimmer, in dem Mary bereits auf sie wartete. Das Mädchen war außer sich vor Freude über die Veränderungen, die im Schloß stattgefunden hatten.

Als Pandora gerade beim Umziehen war, erschien Mrs. Meadowfield, um sich zu vergewissern, daß ihr nichts fehlte.

Pandora ging hinunter, und da sie doch eine Weile mit Mrs. Meadowfield geschwatzt hatte, waren alle bereits versammelt, bis auf Kitty, die wieder einmal im letzten Augenblick erschien.

Das Dinner verlief ungefähr so wie am Vorabend. Und wieder saß Pandora neben Sir Gilbert.

Heute jedoch fürchtete sie sich nicht mehr vor ihm. Sie hatte ein neues Selbstbewußtsein gewonnen und würde ihm nicht gestatten, sie zu langweilen.

Als das Essen beendet war, entstand ein kleines Streitgespräch zwischen Kitty und dem Grafen. Die Männer hatten vor, noch einen Portwein zu trinken, die Damen jedoch weigerten sich, allein in den Salon zu gehen. Schließlich ging man doch gemeinsam.

Zu ihrem Erstaunen stellte Pandora fest, daß man Spieltische aufgestellt hatte.

Alle waren begeistert und stürzten sich darauf. Erleichtert stellte Pandora fest, daß Sir Gilbert bereits mit Freddie über den Einsatz diskutierte. Sie würde sich sein albernes Gerede also nicht anhören müssen.

Da sie keine Lust zum Spielen verspürte, entschwand sie unbemerkt durch eines der großen Fenster in den Garten.

Die Luft war mild und der Himmel klar. Sie ging auf den See zu, genoß die Abendluft und dachte darüber nach, was in den letzten Tagen alles geschehen war.

Sie war so in Gedanken, daß sie nicht merkte, daß jemand sich ihr genähert hatte. Erst als sie eine ihr sehr unangenehme Stimme vernahm, wußte sie, daß es Sir Gilbert war.

„Habe ich Sie endlich gefunden, meine schöne Dame! Ich dachte mir, daß Sie in den Garten gegangen sind."

Sir Gilbert hatte den Zauber gebrochen, der sie umgeben hatte. Pandora sah ihn ärgerlich an.

„Ich bin hergekommen, weil ich den Wunsch habe, allein zu sein", erklärte sie.

„Und ich habe den Wunsch, bei Ihnen zu sein."

„Ich habe aber keine Lust, Ihnen zuzuhören", erwiderte Pandora. „Sie mögen das zwar als unhöflich empfinden, aber es ist die Wahrheit."

Sir Gilbert lachte. „Sie sind so anders, als all die Frauen, die ich bisher kannte. Sie ziehen mich an, kleine Pandora, und ich habe nicht die Absicht, sie allein zu lassen."

Ehe Pandora es recht begriffen hatte, legte er die Arme um sie. Sie wollte ihm ausweichen, aber es war zu spät. Er zog sie an sich, und sie erkannte schnell, daß aller Widerstand sinnlos war, denn er war ein sehr starker Mann.

Immer fester zog er sie an sich, und jetzt beugte er seinen Kopf, sein Mund suchte ihre Lippen.

Pandora stieß einen Schrei des Entsetzens aus. Plötzlich hob Sir Gilbert sie in die Höhe.

„Wir werden ein wenig mehr abseits gehen", sagte er. „Und dann werde ich dich lehren, nicht so widerspenstig zu sein."

„Lassen Sie mich hinunter!" rief sie. „Wie können Sie es wagen ... sich derartig zu benehmen! Ich hasse Sie ... hören Sie mich? Ich hasse Sie!"

„Ich werde dich lehren, mich zu lieben", erwiderte Sir Gilbert. „Und du kannst sicher sein, daß ich ein sehr erfahrener Lehrer auf diesem Gebiet bin."

Pandora schrie um Hilfe und wehrte sich mit Händen und Füßen, als er sie schließlich in das Gras legte. Sie wollte sich wegrollen, doch da war er schon über ihr.

Entsetzt stellte das Mädchen fest, daß es in der Falle war. Es gab kein Entrinnen mehr.

Wieder schrie Pandora um Hilfe, als sie das Feuer in seinen Augen sah, das erst dann erlöschen würde, wenn er sein Ziel erreicht hatte.

In diesem Augenblick wurde Sir Gilbert plötzlich empor gerissen. Pandora wußte sofort, daß es der Graf war.

„Was, zum Teufel, tust du hier?" hörte sie ihn ärgerlich fragen. Er ließ Sir Gilbert los und sagte: „Ich hatte geglaubt, daß du ein Gentleman bist und meine Cousine nach dem gestrigen Abend endlich in Ruhe lassen würdest."

„Warum sollte ich sie in Ruhe lassen?" fragte Sir Gilbert wütend. „Du hast deinen Spaß, ich will meinen haben."

„Nicht mit meiner Cousine!"

„Ich lasse mir von dir doch keine Vorschriften machen!" brüllte Sir Gilbert.

Ohne eine Warnung schlug er nach dem Grafen. Dieser jedoch hatte den Schatten der Faust noch rechtzeitig auf sich zukommen sehen, so daß er dem Schlag ausweichen konnte. Sir Gilbert traf ihn nur an der Schulter.

Der Graf schlug daraufhin zurück, schon waren die beiden Männer in einen harten, verbissenen Kampf verwickelt.

Sir Gilbert stolperte ein wenig nach rückwärts. Sie kämpften jetzt am Ufer des Sees, und der ältere der beiden rutschte auf dem Gras aus und fiel langsam ins Wasser.

Es verging ein Augenblick, bevor Pandora und der Graf das Klatschen hinter sich hörten. Freddie, Clive und Richard hatten den beiden zugesehen und applaudierten jetzt dem Grafen.

Dieser ging an das Ufer und zog Sir Gilbert aus dem Wasser.

Nachdem dieser sich von dem Schrecken erholt zu haben schien, streckte der Graf ihm die Hand entgegen und sagte: „Keine bösen Gefühle, Gilbert, ich versichere dir, daß ich dich nicht ertränken wollte."

Sir Gilbert übersah die Hand des Grafen. Er sah ihn nur mit haßerfüllten Augen an.

„Ich verlange Satisfaktion von dir, Chartwood", sagte er. „Und bei Gott, ich werde sie bekommen."

Nach diesen Worten herrschte einige Zeit Stillschweigen. Dann sagte Freddie jedoch: „Komm, Gilbert, bleib fair. Es war ein anständiger Kampf, und Norvin hat ihn zweifelsohne gewonnen."

„Wir werden morgen früh wieder gegeneinander kämpfen", gab Sir Gilbert zur Antwort.

„Schlägst du wirklich ein Duell vor, Gilbert?" fragte der Graf ungläubig. „Was soll das? Gilbert, die ganze Angelegenheit ist doch vorüber. Ich bin auch gerne bereit, mich dafür zu entschuldigen, daß ich so grob war."

„Bist du zu feige, um dich wie ein Gentleman zu verhalten?" fragte Sir Gilbert herausfordernd.

„Niemand nennt mich einen Feigling!" gab der Graf zurück.

„Sehr wohl, morgen früh um sechs Uhr", bestätigte Sir Gilbert. „Clive, du wirst mein Sekundant sein. Außerdem werde ich heute nacht nicht in diesem Haus bleiben."

Ohne Freddies Protest zur Kenntnis zu nehmen, ging Sir Gilbert allein zum Schloß zurück.

Die anderen blieben schweigend stehen. Sie sahen ihm nach, bis Freddie ausrief: „Verdammt noch mal! Ich hatte keine Ahnung, daß er von dieser Sorte ist!"

Der Graf bestimmte Freddie und Richard zu seinen Sekundanten und sagte: „Wir werden uns morgen früh um sechs Uhr treffen. Ich schlage vor, daß wir in den Park gehen, damit die Frauen und die Diener uns nicht beobachten können."

„Kann denn niemand diesen Wahnsinn stoppen?" rief Pandora jetzt voller Verzweiflung.

Niemand antwortete ihr. Aber Clive schien zu verstehen, was in ihr vor sich ging, und sagte nur: „Das ist eine

Ehrenangelegenheit. Ich würde den anderen Frauen nichts davon erzählen. Sie würden sich nur unnütz aufregen."

„Nein - selbstverständlich nicht", stimmte Pandora ihm zu.

Wie gerne würde sie dem Grafen jetzt zeigen, daß sie ihm aus tiefstem Herzen dankbar war, weil er sie gerettet hatte. Aber wie hatte sie sich jemals vorstellen können, daß alles so schrecklich enden würde.

Sie sah dem Grafen nach, als er sich entfernte. Er ging nicht auf das Schloß zu, und sie wußte, daß er allein sein wollte.

5.

Als sie endlich mit den drei Männern wieder in den Salon zurückkehrte, waren die Frauen schon wieder angeheitert.

Kitty war wütend und verlangte lauthals nach Norvin. Aber Pandora hatte jetzt keine Nerven, die Gesellschaft dieser Frauen zu ertragen. Sie ging deshalb in ihr Zimmer hinauf.

Alle möglichen und schrecklichen Geschichten, die sie schon über derartige Duelle gehört hatte, gingen ihr durch den Kopf.

Und alles war nur ihre Schuld. Sie hätte nicht so dumm sein dürfen, allein in den Garten hinauszugehen.

Optimistisch versuchte sie immer wieder, sich einzureden, daß alles bestimmt gut ausgehen werde. Aber die Furcht, die sie ergriffen hatte, wurde sie nicht wieder los.

Mary half ihr beim Ausziehen, und zum ersten Mal zeigte Pandora kein Interesse an den Erzählungen des Mädchens.

Als sie endlich allein war, legte sie sich ins Bett und starrte schlaflos in die Dunkelheit.

Sie begann, voller Verzweiflung zu beten, daß dem Grafen nichts geschehen solle. Der Gedanke daran erfüllte sie mit solcher Panik, daß es ihr unmöglich war einzuschlafen.

Schließlich erhob sie sich und ging zum Fenster, um in den nächtlichen Garten hinunterzublicken.

Sie hörte die übrige Gesellschaft lärmend die Treppe hinaufsteigen. Sie waren anscheinend alle wieder völlig betrunken.

Pandora dachte daran, wie entsetzlich sich diese Frauen heute während des Essens benommen hatten. Hettie hatte ihre Hand unter das Hemd von Freddie geschoben, als sie ihn überreden wollte, ihr ein kostbares Schmuckstück zu kaufen. Und Caro hatte Richard ungeniert geküßt.

„Ich bin sicher, daß auch Norvin eines Tages erkennen wird, wie unmöglich seine Freunde waren", sagte sie sich. „Er wird es bestimmt erkennen - früher oder später", versuchte sie sich zu beruhigen. Aber noch immer konnte sie keinen Schlaf finden.

Im ganzen Haus war es still. Pandora betrachtete die Sterne, die wie Brillanten am Himmel glitzerten.

Immer wieder mußte sie daran denken, was am nächsten Morgen geschehen würde. Sie betete zu Gott, daß er den Grafen beschützen möge. Er durfte all dies hier nicht verlieren.

Während Pandora gedankenvoll in den Garten hinuntersah, entdeckte sie plötzlich zu ihrem Erstaunen, daß eines der Fenster im Erdgeschoß offenstand. Sicher hatten die Diener vergessen, es zu schließen.

Ihre Mutter pflegte an jedem Abend daran zu denken, da es für einen Einbrecher ein leichtes war, in das Haus zu gelangen.

Es gab zwei Wachmänner im Schloß, die jedoch beide schon älter waren und nicht mehr sehr gut hörten.

Pandora entschloß sich, die Wächter zu suchen, um ihnen Bescheid zu sagen.

Sie dachte, daß Underwood und Colby, so hießen die beiden, sich womöglich in der Halle aufhielten. Aber niemand war dort zu finden.

Pandora ging durch sämtliche Flure, jedoch ohne einen der beiden Männer entdecken zu können.

Vielleicht würde Pandora sie in den Küchenräumen finden können. Sie hatte gerade die Tür, die den Wohnteil des Hauses von dem Küchenteil trennte, geschlossen, als ihr einfiel, daß im Vorratsraum ständig ein Diener schlief, weil dort auch der Tresor untergebracht war.

Sie hatte den Vorratsraum schon beinahe erreicht, als sie Stimmen hörte.

Dort also halten die beiden sich auf, dachte sie. Und plötzlich sah sie vor sich etwas am Boden liegen. Sie mußte sich hinunterbeugen, um erkennen zu können, daß es Underwood war. Zuerst glaubte sie, er wäre eingeschlafen. Dann jedoch kam ihr ein schrecklicher Gedanke.

Spontan lief sie auf die Vorratskammer zu, um den Diener dort um Hilfe zu bitten. An der Tür blieb sie jedoch wie angewurzelt stehen. Es bot sich ihr ein furchtbarer Anblick.

Den Diener hatte man gefesselt und gegen die Wand gelehnt. Die Tresortür stand weit offen. Davor entdeckte sie Dalton mit einem goldenen Schmuckstück in der Hand.

Ein anderer Mann, den sie den Beschreibungen nach als Mr. Anstey erkannte, hielt einen Sack.

Sie stieß einen Schrei des Entsetzens aus, Dalton drehte sich zu ihr um.

„Wer ist denn das?" fragte Mr. Anstey.

„Die Cousine Seiner Lordschaft", erwiderte Dalton. „Und ich bin sicher, daß sie schuld an unserer Situation ist."

Noch während er sprach, ging er auf Pandora zu. Zu spät erkannte sie, daß sie sich in Gefahr befand. Sie versuchte fortzulaufen, aber er war schneller als sie und hatte sie auch schon ergriffen.

Ehe sie sich versah, hatte er ihr die Hände auf dem Rücken zusammengebunden.

„Lassen Sie mich gehen! Wie können Sie es wagen!" rief sie.

Kaum hatte sie diese Worte ausgerufen, als Mr. Anstey ihr auch schon den Mund zuhielt. Sie versuchte sich zu wehren, aber es war zwecklos.

Als sie voller Verzweiflung feststellte, daß sie sich in der Gewalt dieser Männer befand, hörte sie eine wütende Stimme von der Tür her fragen: „Was geht hier vor?"

Pandoras Herz machte einen Freudensprung, denn es war der Graf, der mit einer Duellpistole in der Hand aufgetaucht war.

„Lassen Sie augenblicklich die Dame los!" befahl er. „Oder ich schieße!"

Er hatte die Pistole auf Dalton gerichtet, aber Mr. Anstey legte seinen Arm um Pandora und zog sie mit sich zurück an die Tresortür.

„Nicht so schnell", sagte er zum Grafen gewandt.

Voller Entsetzen fühlte Pandora ein scharfes Messer am Hals.

„Sie können Dalton ruhig erschießen, aber im selben Augenblick wird ihre hübsche Cousine auch dran glauben müssen."

Mr. Anstey hatte die Situation voll im Griff.

„Nimm die Säcke!" befahl er Dalton. „Und dann verschwinden wir."

„Sie werden niemals damit durchkommen", sagte der Graf.

„Nun, Sie sehen selbst, Mylord, ich bin als Dieb bestimmt erfolgreicher, als Sie es als Edelmann sind. Beeil dich!" befahl er jetzt Dalton. „Seine Lordschaft ist völlig hilflos, er wird dir nichts tun."

Noch immer spürte Pandora das Messer an ihrem Hals. Der Mann hielt sie so fest, daß sie kaum atmen konnte. Den Blick wandte er jedoch nicht von dem Grafen, während er sich langsam vorwärtsbewegte und sie vor sich herschob.

„Man stirbt sehr schnell, wenn erst einmal die Halsschlagader aufgeschnitten ist", erklärte er dem Grafen. „Vergessen Sie das nicht, Mylord."

Rückwärts bewegten sie sich nun auf die Tür zu, die in den Küchengarten führte. Dem Grafen blieb nichts anderes übrig, als stehenzubleiben und ihnen nachzusehen.

In dem Augenblick jedoch, als sie die Tür erreicht hatten, sah Pandora, wie er davoneilte und sie war sicher, daß er zu den Ställen rannte, um Hilfe zu holen.

Jetzt zerrte der Mann sie mit aller Kraft in den Küchengarten und auf den Hintereingang zu. Draußen auf der Straße wartete Dalton bereits bei der bereitgestellten Kutsche.

Ehe sie recht wußte, was mit ihr geschah, hatte Mr. Anstey sie hochgehoben und warf sie nun auf die Säcke, die bereits in der Kutsche lagen.

In Sekundenschnelle waren er und Dalton auf den Kutschbock gesprungen, und schon rasten sie in die dunkle Nacht hinaus.

Die Kutsche war sehr leicht, und die Pferde liefen schnell. Pandora verlor alle Hoffnung, daß der Graf ihnen folgen konnte.

„Wir werden es schaffen", hörte sie Dalton sagen. „Wir haben einen großen Vorsprung."

Sie unterhielten sich darüber, woher der Graf wohl mitten in der Nacht mit einer Duellpistole gekommen sein mochte, während Pandora inständig betete.

„O Gott, gib, daß Norvin uns einholt und mich aus den Händen dieser Männer befreit."

Sie glaubte, daß man sie töten und in einen Fluß werfen würde. Da man die beiden, sollte man sie ergreifen, sowieso hängen würde, machte ein kleiner Mord keinen Unterschied für sie.

Es gab niemanden, der ihr helfen konnte, außer dem Grafen, denn er war der einzige, der wußte, was geschehen war.

„Sieh dich um, ob sie uns folgen, und wenn ja, erschieß sie. Die Pistole steckt in meiner linken Tasche", hörte sie Mr. Anstey wütend rufen.

Pandora begann wieder zu beten und schloß die Augen.

Plötzlich ertönte Lärm, der wie eine Explosion klang und die ganze Welt schien auseinanderzubersten.

Irgendein Gegenstand flog Pandora an den Kopf. Dann mußte sie für einige Augenblicke bewußtlos geworden sein.

Sie war beinahe überrascht, als sie wenig später feststellte, daß sie noch am Leben war. Jemand hob sie aus der Kutsche heraus. Er hielt sie fest in seinen Armen.

„Norvin!" wollte sie rufen, aber sie brachte keinen Ton hervor. Statt dessen legte sie ihren Kopf an seine Schulter.

„Es ist alles in Ordnung", hörte sie ihn sagen. „Sie sind nicht verletzt. Ich war überzeugt davon, daß man Sie hinten in der Kutsche untergebracht hatte."

Als Pandora aufschaute, sah sie das heillose Durcheinander auf der Straße.

Die Pferde standen schnaubend vor dem Wagen, von dem sich ein Rad gelöst hatte. Mitten auf dem Weg lagen zwei Gestalten. Offensichtlich waren sie vom Kutschbock geschleudert worden.

Verständnislos sah Pandora den Grafen an. Sie konnte nicht begreifen, was eigentlich geschehen war.

Schließlich sagte der Graf: „Es war zwar eine schmerzhafte Angelegenheit für die Pferde, aber das Seil über die Straße zu spannen erschien mir sicherer, als auf sie zu schießen, solange Sie sich in der Gewalt dieser Schurken befanden."

Dann erzählte er ihr, daß einer der Knechte ihm eine Abkürzung über die Felder gezeigt hatte, so daß er vor den Verbrechern zur Stelle war, um noch rechtzeitig das Seil zu befestigen.

„Sie haben mich gerettet", murmelte sie, „Ich habe so sehr gebetet, daß es Ihnen gelingen möge."

„Das dachte ich mir", bemerkte der Graf trocken. „Und natürlich werden die Gebete von Heiligen auch erhört."

Sie versuchte zu lachen, aber es gelang ihr nicht. Zu tief saß der Schrecken ihr noch in den Gliedern. Statt dessen spürte sie, wie ihr Tränen in die Augen stiegen.

Die Knechte fesselten jetzt Dalton und Anstey, die beide noch immer bewußtlos waren.

Der Graf gab einige Anweisungen. Dann stieg er auf sein Pferd und einer der Knechte hob Pandora in den Sattel.

„Jetzt werden wir langsam nach Hause reiten", sagte er, „wir haben ja keine Eile mehr."

Pandora verbarg ihr Gesicht an seiner Schulter, damit er ihre Tränen nicht sehen konnte.

„Es ist ja jetzt alles vorbei", versuchte der Graf sie zu beruhigen. „Sie dürfen nicht vergessen, daß dies ein Abenteuer war, von dem ich noch meinen Söhnen, oder waren es meine Enkelsöhne, für die ich verantwortlich bin, berichten kann."

Pandora konnte ein Lächeln nicht unterdrücken. „Es war meine Schuld. Als ich das offene Fenster sah, hätte ich mir denken können, daß es Dalton war, der versucht hatte, einzudringen."

„Es wäre wirklich klüger von Ihnen gewesen, wenn Sie mich davon informiert hätten, statt selbst auf Verbrecherjagd zu gehen", erwiderte er. „Ich muß sagen, das Leben auf dem Lande scheint mir doch nicht so ruhig zu verlaufen, wie man immer glaubt."

Sie wußte, daß er mit dieser Bemerkung auf das Ereignis anspielte, das ihm in wenigen Stunden bevorstand. Deshalb fragte sie ihn leise: „Müssen Sie denn wirklich gegen ihn kämpfen?"

„Es wird mir ein außerordentliches Vergnügen bereiten", antwortete der Graf. „Dieser Mann verdient es, besiegt zu werden."

„Ich könnte es nicht ertragen, wenn Sie durch meine Schuld verletzt würden", sagte sie mit weicher Stimme.

Plötzlich war sie sich bewußt, wie sehr sie ihm nahe war. Er trug nur ein weißes Hemd, so daß sie die Wärme seines Körpers spüren konnte.

Niemals zuvor war sie einem Mann so nahe gewesen und hatte eine solche Sicherheit und Ruhe verspürt. Sie hatte das Empfinden, als würde der Graf sie noch näher zu sich heranziehen, ein merkwürdiges Gefühl lief durch ihren Körper.

Noch nie hatte sie etwas Derartiges empfunden. Es war ein schönes und doch gleichzeitig erregendes Gefühl.

Der Graf trieb jetzt sein Pferd ein wenig an, und sie eilten Chart Hall entgegen.

Als sie wieder in ihrem Schlafzimmer angekommen war, schien es Pandora, als würde sie aus einem langen, schweren Alptraum erwachen.

Es war ihr kaum vorstellbar, daß so viel geschehen sein sollte, seit sie ihr Bett verlassen hatte, um aus dem Fenster zu sehen.

Der Graf hatte ihr noch einen Drink angeboten, aber sie hatte abgelehnt.

„Dann sollten Sie jetzt ins Bett gehen", hatte er gesagt. „Nach allem, was geschehen ist, müssen Sie entsetzlich müde sein."

„Sie sollten auch ins Bett gehen", erwiderte sie schnell.

„Ich bin es gewohnt, ohne Schlaf auszukommen."

Sie standen einander in der Halle gegenüber, und er sah sie mit einem eigentümlichen Ausdruck in den Augen an.

Der alte Burrow berichtete dem Grafen, daß der niedergeschlagene Wachmann keine schweren Verletzungen erlitten hatte.

Pandora, die bereits einige Stufen hinaufgegangen war, blieb stehen und hörte interessiert zu.

Jetzt blickte der Graf zu ihr auf. „Ich muß mich eigentlich bei Ihnen bedanken. Wenn Sie nicht so mutig gewesen wären, Ihr Leben aufs Spiel zu setzen, hätten die Diebe wahrscheinlich das halbe Haus ausgeräumt."

„Wenn Sie sich jetzt bei mir bedanken, dann bleibt mir nichts anderes übrig, als auch Ihnen nochmals für meine Rettung zu danken."

In diesem Augenblick fiel ihr wieder das Duell ein, das für den Morgen angesetzt war. „Sie werden doch sehr vorsichtig sein, nicht wahr?"

Seine Augen sagten ihr, daß er wußte, woran sie dachte, und er erwiderte sarkastisch: „Ich frage mich, wie viele Leute wohl froh wären, wenn Sir Gilbert mich erschießen würde."

Pandora stieß einen Ruf des Entsetzens aus. „So dürfen Sie nicht sprechen. Das bringt Unglück."

„Ich habe Ihnen doch schon gesagt: ich fürchte mich nicht vor ihm."

„Sie sollten niemals Ihre Feinde unterschätzen."

„Nein, da haben Sie recht. Und, ich verspreche es Ihnen - ich werde sehr vorsichtig sein."

„Bitte ... bitte tun Sie das."

Einen Augenblick lang trafen sich ihre Blicke. Sie sahen sich wortlos an.

Plötzlich überfiel Pandora eine Scheu, als sie sich bewußt wurde, lediglich mit einem Hausmantel bekleidet zu sein. Sie drehte sich rasch um und eilte die Stufen hinauf.

Kaum lag Pandora in ihrem Bett, schlief sie auch schon ein. Eigentlich hatte sie geglaubt, nicht ein Auge zumachen zu können, denn ihr ganzer Körper schmerzte und war mit blauen Flecken übersät.

Als sie sich im Schlaf umdrehte, erwachte sie plötzlich. Erschrocken setzte sie sich im Bett auf. Durch die Vorhänge konnte sie erkennen, daß die Dämmerung bereits angebrochen war.

Sie machte sich Vorwürfe. Sie war eingeschlafen, und der Graf war vielleicht schon auf dem Weg zum Duell.

„Es muß ungefähr fünf Uhr sein", sagte sie sich. Als sie jedoch auf die Uhr schaute, stellte sie erschrocken fest, daß es bereits später als halb sechs war.

Sie eilte ans Fenster.

Draußen war niemand zu sehen.

Sie wußte zwar, daß es für Frauen nicht üblich war, an einem Duell teilzunehmen, aber sie sagte sich, daß hier eine Ausnahme vorlag, da sie ja der unmittelbare Grund für diese Auseinandersetzung war.

Es wird mich niemand sehen, dachte sie. Aber ich muß einfach dabei sein.

Schnell zog sie sich an. Als sie fertig war, stellte sie sich wieder ans Fenster und wartete.

Nach ungefähr zehn Minuten beobachtete sie, wie der Graf, begleitet von Freddie und Richard, aus einer Seitentür in den Garten trat.

Sie wußte, daß sie diese Tür benutzt hatten, damit keiner der Diener sehen konnte, wie sie das Haus verließen.

Bewundernd betrachtete sie die elegante Erscheinung des Grafen. Für sie war er der eindrucksvollste Mann auf der ganzen Welt. Er würde überall, wo er auftauchte, auffallen.

Er ist eben ein Chart, dachte sie triumphierend und wußte im selben Augenblick, daß er sie auslachen würde, wüßte er um ihre Gedanken.

Als die drei Männer an der Brücke angelangt waren, sah Pandora einen Phaeton die Straße entlangfahren. Sie wußte, daß Sir Gilbert ebenfalls angekommen war.

In diesem Augenblick wurde ihr klar, daß diese Männer sich in wenigen Minuten ihretwegen schießen würden. Ein schmerzliches Entsetzen ergriff sie.

Sie eilte die Treppe hinunter und verließ das Haus durch eine andere Tür, so daß sie nicht die Halle durchqueren mußte.

Sie sah die Männer auf eine Lichtung zugehen, von der sie wußte, daß sie früher einmal zum Bowlingspiel benutzt wurde.

Von Büschen umgeben, lag die Lichtung gut verborgen. In der Tat, der ideale Ort für ein Duell.

Da Pandora den Park seit ihrer Kindheit kannte,wußte sie um die versteckten Pfade, die sie jetzt benutzte.

Sie hielt sich im Schatten der Sträucher und Büsche und schlich langsam an die Lichtung heran. Als sie die Blätter ein wenig zur Seite schob, sah sie, wie der Graf nach rechts und Sir Gilbert nach links schritten.

„Acht-neun-zehn!"

Die beiden Männer drehten sich augenblicklich um und feuerten. Es war nicht auszumachen, wer von beiden zuerst geschossen hatte.

Ein Schwindelgefühl erfaßte Pandora, alles schien vor ihren Augen zu verschwimmen, so daß sie nicht sofort erkennen konnte, was eigentlich geschehen war.

Dann sah sie, wie der Graf sich an den Kopf faßte und zu Boden stürzte.

Sie stieß einen Schrei aus, stürzte aus den Büschen hervor und rannte auf den Verwundeten zu. Freddie war schon an ihrer Seite.

Der Graf lag auf der Erde, und Pandora sah, wie das Blut aus einer Kopfwunde sickerte.

Eine schreckliche Sekunde lang glaubte Pandora, er sei tot.

„Es ist nur ein Streifschuß", stellte Freddie gleich darauf fest.

Plötzlich wußte Pandora, daß sie den Grafen liebte.

Ein unwahrscheinliches Durcheinander von Gefühlen spielte sich in ihrem Innern ab - ihre Liebe, das furchtbare Entsetzen und dann die Erleichterung, als sie hörte, was Freddie soeben gesagt hatte.

Sie schob ihren Arm unter den Kopf des Grafen und legte ihn auf ihren Schoß, als Richard auf sie zugelaufen kam und rief: „Er hat Gilbert in den Arm getroffen. Wir hätten daran denken sollen, einen Arzt mitzunehmen."

„Wir müssen Norvin schnell nach Hause bringen", erklärte Pandora. „Es wäre besser, wenn wir ihn auf eine Trage legen könnten."

Sie dachte einen Augenblick nach. Dann fiel ihr etwas ein.

„Hinter den Büschen dort drüben", sagte sie zu den Männern, „ist eine Tür im Zaun, der den Obstgarten umgibt. Auf die können wir ihn legen."

Die beiden Männer rannten sofort los, und Pandora versuchte, mit einem Taschentuch das Gesicht des Grafen vom Blut zu säubern.

Sir Gilbert hat absichtlich auf seinen Kopf gezielt, dachte sie plötzlich.

Er galt als ein erfahrener Schütze, und es war unwahrscheinlich, daß er auf eine solch kurze Entfernung sein

Ziel, den linken Arm des Grafen, verfehlen konnte. Er hatte die Pistole absichtlich höher gehalten.

Noch während sie darüber nachdachte, sah sie Sir Gilbert mit unsicheren Schritten auf sich zukommen. Seinen unverletzten Arm hatte er um die Schultern von Sir Edward Trentham gelegt, die Wunde hatte man bereits notdürftig mit einem Taschentuch abgebunden.

„Ich hoffe, Norvin ist in Ordnung", sagte er, als er neben Pandora angelangt war.

Mit wütenden Blicken sah sie zu ihm auf.

„Sie haben versucht, ihn zu töten", entgegnete sie anklagend. „Sie sind ein viel zu guter Schütze, als daß sie ihn versehentlich in den Kopf geschossen hätten. Das war Absicht!"

Der Ausdruck in seinen Augen zeigte ihr, daß sie recht hatte.

„Was für eine unsinnige Anschuldigung ...", begann Sir Gilbert, wurde aber von Sir Edward unterbrochen.

„Es sieht dir aber wirklich nicht ähnlich, dein Ziel um so viel zu verfehlen, Gilbert."

„Pandora hat recht", rief Clive aus, der bis jetzt zugehört hatte. „Und Gott ist mein Zeuge, wenn Norvin stirbt, werde ich dafür sorgen, daß du hängst."

„Ihr seid ja alle hysterisch", sagte Sir Gilbert beleidigt. „Bring mich bitte nach Hause, Edward. Ich habe nicht den Wunsch, diesen absurden Beschuldigungen noch länger zuzuhören."

„Sind Sie wirklich so absurd?" fragte Sir Edward, während er Sir Gilbert stützte und mit ihm davonging.

„Verdammt!" rief Clive. „Ich habe schon oft gehört, daß er ein Killer sei. Es ist also wahr."

Freddie und Richard kamen jetzt mit der Tür zurück. Vorsichtig legten sie den Grafen darauf, dann trugen ihn die drei Männer zum Haus.

Zu Pandoras Erleichterung war Mrs. Meadowfield in der Halle. Sofort gab sie der Haushälterin den Auftrag, einen Diener nach dem Arzt zu schicken.

Es war eine große Erleichterung für Pandora, als nach einer halben Stunde Doktor Graham im Schloß eintraf.

Die Zeit war ihr wie eine Ewigkeit erschienen, und es war ihr immer bewußter geworden, wieviel der Graf ihr bedeutete. Niemals hätte sie sich träumen lassen, daß sie ihm eine solch zärtliche Zuneigung entgegenbringen konnte.

Dann jedoch hatte sie sich einen Narren geschimpft. „Er hat Kitty und all die anderen faszinierenden Frauen, die ihm die Art von Vergnügungen bieten können, die er so sehr liebt. Wie kann ich nur so naiv sein und annehmen, daß er an einer Frau wie mir jemals einen Funken Interesse haben könnte!"

Aber schon der Gedanke an Kitty, die im Zimmer neben dem Grafen schlief, verursachte ihr ein schmerzliches Gefühl, das zweifellos Eifersucht war.

„Es ist doch völlig sinnlos", sagte sie sich. „Schon morgen werde ich wieder nach Lindchester gehen müssen, vielleicht werde ich ihn dann niemals wiedersehen."

Als Dr. Graham aus dem Zimmer des Grafen trat, eilte Pandora ihm entgegen und überhäufte ihn mit Fragen.

Der Arzt legte den Arm um ihre Schulter und sagte:
„Nun, Pandora, das sieht dir aber gar nicht ähnlich. Du
bist doch sonst so tapfer und geduldig."

„Ja, ich weiß", erwiderte sie. „Aber dies hier ..."

„Ist sehr unerfreulich, natürlich", beendete der Doktor
den Satz. „Aber ich bin sicher, daß er mit guter Pflege bald
wieder auf den Beinen sein wird."

„Ist das auch wahr?" fragte Pandora atemlos.

„Du hast mir in der Vergangenheit doch immer ver-
traut", erwiderte Dr. Graham.

„Ich vertraue Ihnen auch jetzt", sagte Pandora. „Und
ich bin sehr froh, daß Sie hier sind."

„Seine Lordschaft braucht sehr sorgfältige Pflege für
die nächsten achtundvierzig Stunden", erklärte der Doktor ihr. „Es ist durchaus möglich, daß er hohes Fieber
bekommt. Es muß ständig jemand bei ihm sein, damit er
im Delirium nicht irgend etwas Dummes anstellen kann.
Ich werde in ungefähr einer Stunde wiederkommen."

„Sie müssen mir sagen, was ich tun muß", sagte Pandora und erfuhr von ihm, daß er bereits Mrs. Meadowfield genaue Anweisungen gegeben hatte.

„Und jetzt geh und zieh dich um", bat er sie, als sie
die Halle erreicht hatten. „Du kannst den Grafen unbe-
sorgt der Pflege von Mrs. Meadowfield für die nächsten
Stunden überlassen."

Er warf einen Blick auf seine alte Taschenuhr und
sagte: „Ich werde gegen Mittag wieder hier sein, aber ich
erwarte nicht, daß es ihm bis dahin besser geht. Also reg
dich in der Zwischenzeit nicht auf."

„Ich werde es versuchen", versprach Pandora.

Der Doktor lächelte.

„Das klingt schon eher nach der Tochter deiner Mutter", sagte er und verließ das Haus.

Pandora eilte zurück in das Zimmer des Grafen. Mrs. Meadowfield war gerade dabei, ein wenig aufzuräumen.

Der Doktor hatte den Kopf des Grafen bandagiert. Norvin war noch immer bewußtlos. Ein wenig blasser als vorher schien er.

Pandora betrachtete ihn lange und betete zu Gott, daß der Doktor recht behalten möge und für den Grafen keine ernsthafte Gefahr bestünde.

Ich liebe dich, gestand sie ihm in Gedanken. Ich liebe dich. Du mußt dich beeilen, damit du schnell wieder gesund wirst, denn es gibt hier eine Menge für dich zu tun.

6.

Pandora kleidete sich um, jedoch legte sie sich nicht zur Ruhe, wie der Doktor es vorgeschlagen hatte. Statt dessen ging sie hinunter ins Eßzimmer, denn sie wußte, daß die Herren sich dort zum Frühstück versammelt hatten.

Als sie eintrat, erhoben sie sich. Burrows beeilte sich, ihr das Frühstück zu servieren. Obwohl sie eigentlich nicht hungrig war, entschloß sie sich doch, einige Bissen zu sich zu nehmen.

„Was hat der Doktor gesagt?" fragte Freddie.

„Er hat gesagt", erwiderte Pandora und war bemüht, ihre Worte sorgfältig zu wählen, „daß Norvin äußerst sorgfältige Pflege benötigt und in den nächsten Tagen absolute Ruhe braucht."

Sie hatte Freddie, während sie sprach, aufmerksam angesehen und wußte, daß er sie verstanden hatte.

„Wir werden noch vor dem Lunch abreisen."

„Du meinst wohl, sobald wir die Frauen aus den Betten gebracht und unsere Koffer gepackt haben", wandte Richard ein.

Wieder trafen sich Freddies und Pandoras Blicke. Dann wandte sich Freddie an Richard und sagte: „Wer wird mit Kitty sprechen?"

„Wird sie denn auch gehen?" fragte Richard erstaunt.

„Es ist sowieso Zeit für sie, wieder nach London zu fahren, da die Proben in Kürze beginnen werden", erwiderte Freddie. „Und ich nehme doch nicht an, daß sie ihre Rolle in 'The Beggar's Opera' verlieren will."

„Dann überzeuge du sie mal davon", antwortete Richard trocken.

Die beiden Männer begannen, sich über das Theaterstück zu unterhalten, in dem Kitty diese sensationelle Rolle übernommen hatte, in der sie als Captain Macheath auftrat.

Pandora hörte ihnen zu und dachte, wie außergewöhnlich es doch war, daß eine Frau es wagte, in Männerkleidung öffentlich aufzutreten.

Amüsiert mußte sie daran denken, was wohl Prosper Witheridge sagen würde, wenn er davon erführe. Der Ausdruck auf ihrem Gesicht mußte ihre Gedanken verraten haben, denn Freddie lächelte und sagte: „Sie sind nicht die einzige, die darüber schockiert ist. Ich habe schon viele Frauen erlebt, die während der Vorstellung in Ohnmacht gefallen sind, wenn sie Kitty in ihren Hosen gesehen haben."

„Ich glaube, ich bin ziemlich altmodisch", sagte Pandora. Dann erhob sie sich und ging zur Tür, wo sie sich noch einmal umdrehte. „Bitte, würden Sie so freundlich sein und Miss Kitty über Norvin berichten?"

Er schien, seinem Gesichtsausdruck nach zu urteilen, nicht gerade begeistert zu sein, aber er entgegnete: „Selbstverständlich, aber es ist schon komisch. Immer wenn es eine schwierige Aufgabe zu erledigen gibt, bin ich derjenige, dem sie übertragen wird."

Pandora ging hinauf und bat Mrs. Meadowfield in den Flur, damit sie ungestört mit ihr sprechen konnte.

„Die Gäste werden das Haus verlassen, sobald alles gepackt ist", teilte sie der erfreuten Haushälterin mit. Dann fügte sie noch hinzu: „Mrs. Meadowfield, ich glaube, daß die Schnupftabakdosen, die in Ihrer Abwesenheit doch sehr vernachlässigt worden sind, einer gründlichen Reinigung bedürfen."

Es war nicht nötig, mehr zu sagen. Mrs. Meadowfield hatte sie bereits verstanden und verschwand. Pandora ging zurück in das Zimmer des Grafen.

Er lag noch genauso in seinem Bett, wie sie ihn verlassen hatte. Durch den Verband, den der Doktor angelegt hatte, sickerte bereits das Blut.

Sie setzte sich auf den Stuhl neben dem Bett.

Wie war es nur möglich, fragte sie sich, daß sie in einer solch kurzen Zeit ihr Herz an einen Mann hatte verlieren können, der in den Augen ihres Onkels, des Bischofs, der Inbegriff alles Bösen war?

Sie konnte sehr gut verstehen, daß er ihren Großvater aus tiefstem Herzen gehaßt hatte, nachdem dieser ihm die Hilfe für seinen Vater verweigert hatte, so daß er sterben mußte.

Aber sie konnte auch ihren Großvater verstehen, der die ganze Welt nach dem Tode seiner beiden Söhne haßte.

Dann dachte sie darüber nach, daß der Graf, nachdem er durch das Erbe zu Geld gekommen war, sich wahrscheinlich ganz instinktiv den Frauen in London zugewandt hatte, die in der feinen Gesellschaft als unmöglich galten. Sie dachte an Kitty, die im Zimmer nebenan schlief. Er wollte die Familie schockieren und den Namen in Verruf bringen. Er hatte Erfolg damit gehabt. Aber nun war nicht Kitty der Anlaß zu diesem Duell gewesen, sondern sie, Pandora.

In diesem Augenblick hörte sie Kittys Stimme im Flur, sie klang ärgerlich und wütend. Und gleich darauf erklang ein lautes Klopfen an der Tür.

Pandora öffnete und sah Kitty, die aufgeregt mit Freddie stritt, der offensichtlich bemüht war, das Mädchen zu hindern, in das Krankenzimmer zu gehen.

„Keiner von euch wird ihn vor mir verstecken!" rief sie wütend, und als Pandora erschien, fügte sie hinzu: „Auch dieses Milchgesicht, seine sogenannte Cousine, nicht."

Pandora schloß die Tür und stellte sich davor.

Kitty trug nur ein dünnes Tuch über ihrem Nachtgewand. Ihr Gesicht war noch nicht geschminkt, die Haare hingen unordentlich um ihren Kopf. Trotzdem wirkte sie auch in diesem Zustand noch außerordentlich attraktiv, und Pandora konnte verstehen, daß der Graf Gefallen an ihr gefunden hatte. Laut sagte sie jetzt: „Man hat Ihnen doch sicher berichtet, daß mein Cousin schwer verletzt worden ist. Der Doktor hat ihm für die nächsten Tage absolute Ruhe verordnet."

„Das glaube ich Ihnen nicht!" schrie Kitty. „Das ist nur ein billiger Trick, mit dem Sie ihn von mir fernhalten wollen."

„Sie können sich gern selbst davon überzeugen", erwiderte Pandora. „Aber ich bitte Sie, wenn Sie irgendwelche Gefühle für ihn hegen, dann machen Sie keinen Lärm."

Erst schien es, als wolle Kitty etwas Unfreundliches erwidern, aber als Pandora jetzt die Tür zu dem verdunkelten Krankenzimmer öffnete, folgte sie ihr zu dem großen Bett, in dem seit der Zeit Charles II. alle Oberhäupter der Familie geschlafen hatten.

Kitty starrte den bewußtlosen Grafen einige Sekunden sprachlos an, drehte sich dann um und verließ das Krankenzimmer.

Freddie hatte auf dem Flur gewartet.

„Wird er sterben?" fragte Kitty plötzlich.

„Wir hoffen nicht."

„Für mich sieht es jedenfalls so aus, als würde er noch eine ziemlich lange Zeit krank sein."

„Diese Möglichkeit besteht immer", erwiderte Freddie.

„Ich glaube, daß es besser ist, wenn du mich mit nach London nimmst", sagte Kitty, überlegte noch einen Augenblick und wandte sich dann an Pandora.

„Nun gut", sagte sie barsch. „Sie haben gewonnen. Aber ohne Geld werde ich hier nicht verschwinden. Gott allein weiß, wie ich sonst zurechtkommen soll, bis er wieder gesund ist."

Pandora warf Freddie einen überraschten Blick zu.

Der jedoch zog nur die Augenbrauen in die Höhe, was so viel bedeutete, daß sie Kitty ansonsten nicht loswerden würde.

„Wie viel wollen Sie?" fragte Pandora.

„So viel, wie ich bekommen kann", war die Antwort. „Mindestens hundert Pfund."

„Hundert Pfund?"

Dies erschien Pandora eine ungeheuer hohe Summe zu sein, und sie glaubte nicht, diesen Betrag auftreiben zu können. Dann jedoch fiel ihr der junge Michael Farrow ein.

„Ich will sehen, was ich tun kann", erwiderte sie knapp. „In der Zwischenzeit läuten Sie bitte nach einem Mädchen, damit es Ihnen beim Packen behilflich ist."

„Ganz die Schloßherrin im Augenblick, was?" spottete Kitty. „Nutzen Sie es nur richtig aus, solange er noch zu schwach ist, seinen Willen durchzusetzen. Er wird sowieso wieder bei mir sein, sobald er auch nur einen Fuß auf den Boden setzen kann. Geben Sie sich da nur keinen falschen Hoffnungen hin."

Sie ging in ihr Schlafzimmer und schlug die Tür hinter sich zu.

„Glauben Sie, daß Sie die hundert Pfund auftreiben können?" fragte Freddie. „Es ist zwar eine merkwürdige Frage in einem Haus wie diesem, aber Kitty werden Sie sonst nicht loswerden."

„Ich werde es schon irgendwie möglich machen", erwiderte Pandora und ging dann zurück in das Zimmer des Grafen.

137

Gleich darauf läutete sie und schickte einen der Diener, um Michael Farrow zu holen.

Dann setzte sich Pandora wieder auf den Stuhl, der neben dem Bett stand. Die Worte Kittys gingen ihr nicht aus dem Kopf, und im Innern ihres Herzens glaubte sie, daß die Frau recht hatte. Sie ist eine so außergewöhnlich bezaubernde und lebensbejahende Frau, dachte Pandora, daß jeder Mann von ihr gefesselt sein muß.

Sie selbst wußte so wenig von Männern und deren Vergnügungen. Wie konnte sie sich überhaupt mit einer solch erfahrenen Frau vergleichen. Ganz bestimmt war sie eher in der Lage, einen Mann wie den Grafen zu unterhalten.

Es bedeutete eine große Überwindung für sie, sich dies einzugestehen, aber schließlich war es die Wahrheit.

In diesem Augenblick kam der Diener zurück und meldete, daß Michael Farrow gekommen sei.

Pandora bat ihn, in der Zwischenzeit bei dem Grafen zu bleiben und ging hinaus, um mit dem jungen Verwalter zu sprechen.

Dieser war sehr erstaunt, als sie ihm mitteilte, daß sie umgehend hundert Pfund benötigte, jedoch versprach er, alles zu versuchen, das Geld aufzutreiben.

„Außerdem wollte ich Ihnen noch vorschlagen", sprach Pandora weiter, „daß Ihr Vater nach London fährt und das Stadthaus abschließt."

Sie sah die Überraschung im Gesicht des jungen Mannes und erklärte ihm freimütig: „Sie haben doch in der Zwischenzeit auch erfahren, daß einige wertvolle Gegenstände, die nicht ordnungsgemäß verschlossen waren, abhanden gekommen sind. Der Graf ist jetzt krank, und die Saison ist sowieso bald zu Ende."

Sie holte tief Luft, bevor sie weitersprach. „Außerdem soll Ihr Vater die Diener ausbezahlen, ich übernehme dafür die Verantwortung. Es sollen nur die bleiben, die auch schon bei meinem Großvater im Hause waren."

Dann entließ sie den jungen Farrow und ging wieder zurück in das Zimmer des Grafen.

Dr. Graham erschien gegen Mittag und konnte keine Veränderung im Befinden seines Patienten feststellen.

Als Pandora mit ihm die Treppe hinabging, warteten die Gäste bereits abfahrtbereit in der Halle.

„Wir wollten uns noch verabschieden, Pandora", sagte Freddie und kam ihnen entgegen. „Es ist gut, daß der Doktor hier ist."

„Er will uns gerade wieder verlassen", erwiderte Pandora.

Sie stellte die beiden Männer einander vor, und Freddie sagte: „Ich hoffe, daß Seine Lordschaft recht bald wieder gesund wird, und ich nehme an, daß Sie nicht zögern werden, noch eine zweite Kapazität aus der Stadt hinzuzuziehen, wenn Sie es für nötig halten."

„Ich habe selbst schon an eine solche Möglichkeit gedacht", erwiderte Dr. Graham. „Ich werde es mit Miss Stratton besprechen."

„Ich bin froh, daß ich meinen Freund in so guten Händen weiß", sagte Freddie.

Dann kamen die übrigen Männer. Caro ging ihnen entgegen und verabschiedete sich. Nur Hettie und Kitty hielten sich zurück und betrachteten Pandora mit unverhüllter Feindseligkeit.

Sie wußte, daß Kitty sie verdächtigte, Absichten auf den Grafen zu haben.

„Sobald er wieder hören kann, sollten Sie Norvin ausrichten", rief Kitty mit lauter Stimme, „daß ich auf ihn warte! Aber er soll sich beeilen, denn ich werde nicht sehr lange warten!"

„Das ist aber keine aufmunternde Nachricht für einen Kranken", protestierte Hettie.

„Ich spiele für keinen Mann lange die weinende Witwe", sagte Kitty. „Außerdem ist er nicht der einzige Mann auf der Welt. Sagen Sie ihm das klar und deutlich."

Wütend hatte sie die letzten Worte zu Pandora gesagt. Jetzt drehte sie sich um, rauschte durch die Halle und stieg dann in einen Phaeton ein, der draußen bereits wartete.

Caro, die in einer zweiten Kutsche fuhr, schlug eine Wette vor, welches der beiden Gefährte schneller am Ziel sein würde. Die beiden Frauen schrien von einer Kutsche zur anderen und schließlich fuhr die ganze Gesellschaft unter lautem Lachen davon.

Als der letzte Phaeton die Brücke überquert hatte, seufzte Pandora erleichtert auf.

Sie dachte, daß der Doktor jetzt auch gehen würde, statt dessen jedoch ging er auf das Morgenzimmer zu und sagte: „Ich möchte mit dir reden, Pandora."

Sie folgte ihm in den Raum, in dem sie den Grafen zum ersten Mal gesehen hatte. Wie hätte sie sich denken können, daß sie sich so schnell in ihn verlieben würde?

„Und nun, Pandora", begann der Arzt, „solltest du mir sagen, was du vorhast."

Seine Frage kam sehr überraschend.

„Ich will hierbleiben und meinen Cousin pflegen", erwiderte sie.

„Allein, ohne Anstandsdame?"

„Sie werden die Frauen, die soeben das Schloß verlassen haben, doch wohl kaum als Anstandsdamen bezeichnen wollen."

„Ich frage mich, ob deine Mutter es überhaupt billigen würde, daß du in diesem Hause weilst."

„Ich hatte keine andere Wahl", erwiderte Pandora. „Onkel Augustus wollte mich mit seinem Kaplan verheiraten."

„Mit Prosper Witheridge?"

„Oh, Sie kennen ihn?"

„Ich habe ihn ein- oder zweimal in Lindchester bei Versammlungen getroffen."

„Nun, dann wissen Sie auch, was für ein widerlicher und ekelhafter Mensch er ist", erwiderte Pandora. „Ich hasse ihn! Wie könnte ich solch einen Mann jemals heiraten?"

„Und deshalb hast du deinen Cousin gebeten, dich vor dieser Verbindung zu bewahren?"

„Ich wußte, daß es Prosper Witheridge sehr schockieren würde, wenn ich für einige Tage im Schloß bliebe, und er seine Absicht ändern würde. Und genau das ist geschehen."

„Und was sagt der Bischof dazu?"

„Onkel Augustus wird erst heute aus London zurückkehren", sagte Pandora leise. „Ich denke, er wird herkommen, um mich nach Lindchester zurückzuholen. Wenn er das tut, würden Sie ihm sagen, daß ich hier gebraucht werde?"

Der Doktor rutschte unruhig hin und her.

„Um ganz ehrlich zu sein, Pandora", erwiderte er. „Ich kann dir darauf keine Antwort geben. Ich weiß nur, wie man über den Grafen in Lindchester spricht."

„Aber jetzt wird doch alles anders."

Der Doktor hatte bereits von all den Änderungen gehört, die während der letzten beiden Tage eingetreten waren. Ihm war auch bekannt, daß dies Pandoras Initiative zu verdanken war.

„Genauso würde deine Mutter gehandelt haben, Pandora", sagte er. „Aber glaubst du denn wirklich, daß sie auch damit einverstanden wäre, daß du hier auf dem Schloß bleibst?"

„Welche andere Möglichkeit gibt es denn für mich?" fragte Pandora und erzählte dem Doktor von ihrem Leben im Palast des Bischofs. Sie berichtete, wie unglücklich sie all die Jahre gewesen war und was sie nun von ihrer Tante zu erwarten hatte.

Der Doktor hatte ihr aufmerksam zugehört und sagte dann: „Ich habe dich schon immer sehr gemocht, Pandora. Und ich verspreche dir, daß ich alles tun werde, um dir zu helfen, wenn ich auch noch nicht weiß, wie."

„Ich kann nicht in den Palast zurückgehen", sagte Pandora. „Ich kann es nicht."

„Wir müssen erst einmal abwarten, was dein Onkel
dazu sagen wird", versuchte der Doktor sie zu beruhigen.
„Aber ich bin sicher, du hast noch andere Verwandte?"

„Wenn ja, dann haben sie mich seit dem Tod meiner Eltern vergessen", erwiderte Pandora. „Ach, wenn
ich doch nur Arbeit finden könnte. Vielleicht könnte ich
Kranke und alte Leute pflegen."

„Ich habe auch schon an etwas Derartiges gedacht",
antwortete der Doktor. „Ich werde sehen, was ich für dich
tun kann. Aber jetzt muß ich schnellstens gehen, denn
es warten noch sehr viele Patienten auf mich. Ich werde
gegen fünf Uhr heute nachmittag wiederkommen."

„Vielleicht geht es Norvin dann schon besser", sagte
Pandora optimistisch. „Und vielen Dank, Dr. Graham,
für Ihre Freundlichkeit. Ich wußte, daß Sie mich verstehen würden."

„Mehr als jeder andere", antwortete der Doktor. „Und
ich glaube, daß selbst die größten Klatschmäuler und
Moralisten keine Gefahr für ein junges Mädchen sehen
können, wenn der Mann, bei dem es ist, bewußtlos und
schwer verletzt im Bett liegt."

„Von Norvin droht mir keinerlei Gefahr."

Eigentlich wollte sie noch hinzufügen „leider". Statt
dessen begleitete sie den Doktor zur Tür und wartete, bis
seine Kutsche außer Sicht war.

Dann rannte sie die Treppe hinauf. Plötzlich fühlte sie
sich sehr glücklich. Wenigstens für einige Stunden würde
der Graf ihr ganz allein gehören.

Den ganzen Nachmittag verbrachte sie im verdunkelten Krankenzimmer, und da sie rechtschaffen müde war,

schlief sie im Sessel ein, um jedoch mit einem schlechten Gewissen wieder aufzuwachen. Sie machte sich Vorwürfe, nicht in der rechten Weise auf den Kranken geachtet zu haben.

Sie sah auf die Uhr und stellte fest, daß ihr Onkel und ihre Tante um diese Zeit etwa im Palast ankommen müßten.

Sie konnte sich vorstellen, wie Prosper Witheridge sie empfangen würde. Keine Einzelheit würde er in seinem Bericht auslassen. In gewisser Weise würde er es sogar genießen, daß er es war, der dem Bischof von ihren Missetaten berichtete.

Pandora wußte, daß er ihr nie verzeihen würde. Hatte sie ihm doch gesagt, daß sie ihn haßte und niemals heiraten könnte.

Onkel Augustus wird ihm mindestens eine Stunde lang zuhören müssen, dachte sie. Dann wird er sich umziehen und etwas trinken wollen. Es ist also unwahrscheinlich, daß er vor sechs Uhr hier erscheint.

Sie sah den Grafen an und sagte: „Ich brauche dich. Du mußt für mich kämpfen und mich beschützen."

Wie sehr hatte sie gehofft, daß er ihr auch ihrem Onkel gegenüber in der Weise beistehen würde, wie er es bei Prosper Witheridge getan hatte.

Dann jedoch wurde ihr plötzlich voller Verzweiflung klar, daß sich die beiden Situationen völlig voneinander unterschieden. Schließlich war der Bischof ihr Onkel und hatte das Recht, ihren Aufenthaltsort zu bestimmen, so daß der Graf ihm gegenüber machtlos war.

„Aber ich bin eine Chart", sagte sie sich. „Ich bin so anders als die Strattons. Selbst Vater hat seine Verwandtschaft als langweilig empfunden und ihre Gesellschaft gemieden, wo immer es möglich war."

Sie stand auf und ging an eines der drei großen Fenster, um in den Garten hinauszublicken.

„Hier gehöre ich hin", sagte sie. „Hier ist meine Heimat."

Sie überlegte sich, daß sie den Grafen bitten könnte, sie auf Chart zu lassen. Es war nicht nötig, daß er ihre Anwesenheit überhaupt bemerkte. Sie konnte in der Wäscherei oder in der Küche arbeiten, oder sie konnte Mrs. Meadowfield zur Hand gehen. Aber es wäre für sie eine Möglichkeit, auf Chart zu bleiben.

Sie ging zum Bett des Grafen und kniete vor ihm nieder. „Ich liebe dich! Und ich will, daß du Chart liebst. Ich möchte um nichts weiter bitten, als auf Chart bleiben zu dürfen, wo ich hingehöre. Ich weiß, daß Chart eines Tages auch dir das Glück geben wird, wenn du ihm nur eine Chance gibst."

Sie hatte mit einer solchen Intensität gesprochen, daß ihr die Tränen in die Augen stiegen.

Aber der Graf bewegte sich nicht und verzweifelt dachte sie, daß er sie nicht hören konnte, die Zeit aber unaufhaltsam verrann und ihr Onkel nun bald erscheinen würde, um sie mit sich zu nehmen.

Sie wußte, wenn er darauf bestand, würde sie ihm gehorchen müssen, denn es war sehr zweifelhaft, ob er auf Dr. Graham hören würde, den er ja nur als einen einfachen Landarzt abwertete.

Wenn ich erst einmal wieder im Palast bin, wird Norvin mich sicher bald vergessen haben, dachte sie. Und wenn er wieder nach London zurückkehrt, wird dort Kitty auf ihn warten.

Es war, als stieße man ihr ein Messer ins Herz. Es hatte keinen Sinn, sich etwas vorzumachen. Wie vulgär und betrunken Kitty oft sein mochte, sie würde auf ihn warten und ihm die Vergnügungen bieten, die er so sehr liebte.

Pandora erhob sich, als Mrs. Meadowfield eintrat.

„Ich habe mich jetzt einige Stunden ausgeruht, Miss Pandora", flüsterte sie. „Sie sollten jetzt ein wenig in den Garten gehen. Es ist ein so schöner Tag. Burrows hat schon den Tee in den Salon gestellt, so daß Sie zuerst eine Tasse zu sich nehmen können. Es wird Ihnen guttun."

Pandora war gerührt, zu sehen, wie die Dienerschaft um sie besorgt war. Gleichzeitig jedoch mußte sie an die Schikanen denken, die im Bischofspalast auf sie warteten.

Dann ging sie hinunter, trank eine Tasse Tee, aß Gebäck und ging dann hinaus in den Garten.

Sie überquerte den Rasen zum Rosengarten, wo sie sich an die alte Sonnenuhr lehnte. Wie viel Charts mochten schon hier gestanden haben und voller Unsicherheit und Furcht in die Zukunft geblickt haben?

Es war ihr unmöglich, zu verhindern, daß ihre Gedanken immer wieder zum Grafen zurückkehrten. Sie erinnerte sich, wie nah sie ihm gewesen war, als er sie auf seinem Pferd zurückbrachte, nachdem er sie aus den

Händen der Verbrecher befreit hatte. Sie dachte an die Erregung, die ihren Körper in diesem Augenblick ergriffen hatte. Es war ein wunderbares Gefühl gewesen, das sie nie zuvor gekannt hatte.

Dann dachte sie daran, wie er in ihr Schlafzimmer gekommen war, um sie vor den Zudringlichkeiten Sir Gilberts zu bewahren.

Zum ersten Mal überlegte sie, wie wohl die Welt darüber denken würde, wenn bekannt würde, daß sie nicht einmal geschrien hatte, als der Mann, der als der Inbegriff der Unmoral und des Schlechten galt, in ihr Schlafzimmer eingedrungen war.

Ich habe damals gar nicht den Mann in ihm gesehen, dachte Pandora.

Aber jetzt war er Mann - der Mann, den sie liebte.

Sie glaubte, nicht länger warten zu können, bis sie wieder in seiner Nähe war, und so eilte sie zum Haus zurück. Als sie aus dem Salon in die Halle trat, um die Treppe hinaufzusteigen, blieb sie plötzlich stehen, als sei sie zu Stein erstarrt.

Die Eingangstür war offen und draußen stand eine Kutsche, die sie sofort wiedererkannte. Sie hatte ihren Onkel zwar erwartet, aber jetzt überfiel sie die Angst. Alle Farbe schien aus ihrem Gesicht gewichen, ihre Hände waren eiskalt.

Dann sah sie zu ihrem Erstaunen, daß Burrows, der hinausgegangen war, um die Tür der Kutsche zu öffnen, allein zurückkam. Er hielt etwas in der Hand. Auf einem silbernen Tablett überreichte er es Pandora.

„Eine Nachricht für Sie, Miss."

Einen Augenblick lang konnte Pandora sich nicht bewegen, dann jedoch zwang sie sich, den Brief entgegenzunehmen.

Es war eine solche Erleichterung, daß ihr Onkel nicht persönlich gekommen war.

Sie starrte auf den Brief, den sie in der Hand hielt und dessen steile, saubere Schrift sie als die ihres Onkels erkannte.

Dann öffnete sie den Umschlag. Die Buchstaben schienen vor ihren Augen zu tanzen, jedoch zwang sie sich zu lesen.

„Meine liebe Nichte!

Als Deine Tante und ich aus London zurückkehrten, mußten wir von Mr. Prosper Witheridge von Deinem ungehörigen und unverzeihlichen Benehmen erfahren, kaum daß wir dem Haus den Rücken gekehrt hatten.

Ich kann nicht verstehen, wie ein Mädchen, das anständig erzogen worden ist, sich in so ungewöhnlicher und verabscheuungswürdiger Weise verhalten kann, wofür es eines Tages die gerechte Strafe erhalten wird.

Deine Tante und ich haben lange über Dein Verhalten gesprochen, das uns großen Kummer bereitet hat, und wir haben mit Bedauern entschieden, daß wir Dir unter diesen Umständen nicht gestatten können, in den Palast zurückzukehren.

*Der Kaplan hat mir berichtet, daß man
bereits in ganz Lindchester über Dein Verhalten
spricht, und dies zu verzeihen würde heißen, uns
in eine außergewöhnlich unangenehme Situation
zu bringen.*

*Ich kann daher nur hoffen, daß Deine Chart-
Verwandtschaft bereit ist, Dir ein Heim und die
nötige Versorgung zu bieten.*

*Mit dem Gefühl des Bedauerns überlasse ich
Dich Deinem Gewissen und der Gnade Gottes. "*

Pandora blickte mit weit aufgerissenen Augen auf den
Brief. Dann, als könne sie nicht glauben, was sie soeben
erfahren hatte, las sie alles noch einmal.

Sie war frei. Ihr Onkel hatte ihr seine schützende Hand
entzogen und sie ihrem Schicksal überlassen. Das war es,
was sie sich gewünscht hatte, und doch überkam sie jetzt
eine gewisse Angst. Sie war jetzt allein, allein für sich verantwortlich, wie noch niemals zuvor in ihrem Leben.

Dann entdeckte sie, daß sich noch etwas in dem
Umschlag befand. Ein Scheck. Pandora sah genauer hin
und stellte fest, daß er über vierzig Pfund ausgeschrieben
war, offensichtlich die Summe, die ihr Vater ihr hinterlassen hatte. Natürlich abzüglich der Kosten für die Beerdi-
gung und, Pandora glaubte dies mit Sicherheit sagen zu
können, auch eines erheblichen Betrages für ihre Verpfle-
gung im Palast.

Sie eilte in das Zimmer des Grafen zurück und kniete
neben dem Bett nieder. Da der Graf ganz ruhig dalag,
aber sie seinen Atem nicht hören konnte, schob sie ihre

Hand unter sein Hemd, denn sie hatte plötzlich Angst, er könnte in der Zwischenzeit gestorben sein.

Aber sie fühlte sein Herz klopfen, und in diesem Augenblick durchlief ein Schauer ihren Körper. Er war noch stärker, als sie ihn auf dem Heimweg am Vortag empfunden hatte.

„Ich liebe dich - und ich - gehöre zu dir", flüsterte sie kaum hörbar. „Ich gehöre zu dir, ob du es willst oder nicht - und ich werde niemals einen anderen Mann lieben. Denn du bist der Sinn meines Lebens - jetzt und für alle Ewigkeit."

Es klang fast wie ein Schwur, und als sie zu Ende gesprochen hatte, wußte Pandora, daß dies die Wahrheit war.

7.

„Danke, Farrow, ich sehe Sie dann morgen", sagte der Graf. „Ich hoffe, daß ich dann schon wieder auf den Beinen bin."

„Das hoffe ich auch, Mylord", erwiderte Michael Farrow.

Er nahm die Papiere vom Bett, die sie zusammen durchgegangen waren, verbeugte sich und verließ das Zimmer.

Sowie sich die Tür hinter ihm geschlossen hatte, blickte der Graf in die hintere Ecke seines Zimmers und schnippte mit den Fingern.

Augenblicklich sprang ein kleines, lebhaftes und wolliges Etwas auf das Bett und legte sich neben ihn, leckte ihm die Hand und versuchte, sich mit jedem Zentimeter seines Körpers einzuschmeicheln.

Der Graf spielte mit den langen Ohren des Spaniels.

„Ich denke, daß du eine Menge Ärger bekommen wirst, weil du auf diesem Satinkissen liegst", sagte der Graf.

Seine Stimme schien den Hund jedoch nur noch mehr aufzuregen, denn er begann erneut, eifrig die Hand des Grafen zu lecken, um seine Zuneigung zum Ausdruck zu bringen.

Es war das erste, was der Graf wahrgenommen hatte, als er sein Bewußtsein wiedererlangte, nachdem er - wie man ihm später erzählte - drei Tage bewußtlos gewesen war.

Noch immer benommen, hatte er sich gewundert, wer wohl seine Hand küßte. Dann, als er sich umblickte, hatte er in die großen, braunen Augen eines kleinen schwarz-weißen Spaniels gesehen.

„Sein Name ist Juno", hatte eine Stimme gesagt, und er sah Pandora, wie sie sich von ihrem Stuhl am Fenster erhob, wo sie die ganze Zeit gesessen hatte.

„Wer hat gesagt, daß ich einen Hund will?" hatte der Graf leise gefragt, aber noch während er fragte, wußte er bereits die Antwort.

Es war noch eine Kette, die ihn mit den Charts verband.

Pandora antwortete nicht. Sie stand neben seinem Bett und sah zu ihm hinab, und ihm kam der Gedanke, daß sie den gleichen bittenden Ausdruck in ihren Augen hatte wie der Hund.

Sie hatte fast alle Züchter in der Umgebung aufgesucht, bis sie ein Tier gefunden hatte, von dem sie glaubte, daß es dem Grafen gefallen würde.

Und dieser kleine Hund schien genau zu wissen, was man von ihm erwartete.

Er hatte sich ganz still neben das Bett gesetzt, als wüßte er, daß er darauf warten mußte, bis sein Herr erwachte.

Gegen seinen eigenen Willen hatte der Graf zugeben müssen, daß er dem treuherzigen Blick und den Liebesbezeugungen dieses kleinen Wesens nicht widerstehen konnte. Trotz aller Einwände Pandoras sprang Juno immer wieder auf das Bett.

Jetzt plötzlich jedoch schien er etwas gehört zu haben, sprang vom Bett und verschwand in der Ecke, aus der er soeben gekommen war.

Da kam auch schon Pandora mit einer Vase voll wunderschöner Lilien ins Zimmer.

„Ich habe nur gewartet, bis Michael Farrow wieder gegangen ist", sagte sie, „um Ihnen die Blumen zu bringen. Sind sie nicht wunderschön?"

„Für einen Sünder wie mich sind sie aber völlig ungeeignet", erwiderte der Graf. „Wirklich, Pandora, Sie sollten sie in Ihrem Zimmer behalten. Man hat mir einmal erzählt, daß diese Blumen das Symbol der Heiligen sind."

Seit es ihm wieder besser ging, hatte er damit begonnen, sie zu necken, und sie hatten ihre Wortgefechte wieder aufgenommen.

Als Pandora jetzt die Blumen auf eine der Kommoden stellte, sagte er: „Farrow hat mir berichtet, wie fleißig Sie in der Zwischenzeit waren."

Pandora wurde ein wenig nervös und versteifte sich. Sie hatte ihm nichts von all dem erzählt, was sie unternommen oder angeordnet hatte, seit er in dem Duell verletzt worden war. Sie hatte ihn nicht aufregen wollen.

Aber wenn sie ehrlich war, mußte sie zugeben, daß sie befürchtete, er würde ihr vorwerfen, daß sie sich in seine Angelegenheiten einmischte.

„Sie haben sogar den alten Farrow nach London geschickt, um das Haus abzuschließen", sagte er jetzt, und sie hatte das Gefühl, als hätte seine Stimme einen anklagenden Ton.

„Die Saison war doch schon zu Ende", erwiderte sie leise, „und ich dachte, daß es doch unnötige Geldverschwendung ist, wenn Sie so viele Diener beschäftigen, zumal Sie sowieso erst wieder hingehen, wenn es kälter ist."

„Die Theater sind aber in London noch geöffnet."

Der Graf sagte dies herausfordernd und beobachtete dabei Pandoras Gesicht.

Aber sie wandte sich ab, so daß er nur ihren Rücken sehen konnte, als sie zum Fenster ging.

„Es wird bestimmt nicht so schwierig sein, das Haus wieder zu öffnen", sagte sie.

„Sie haben einen Mann namens Winslow eingestellt, damit er Inventur macht", fuhr der Graf fort. „Er hat festgestellt, daß einige Gegenstände fehlen. Ich denke, daß Sie sich das ansehen möchten."

„Das geht mich nichts an", erwiderte Pandora.

„Nein?" fragte der Graf. „Ich dachte, Sie würden sich dafür interessieren."

Sie erwiderte nichts, und so fuhr er fort: „Farrow hat mir auch davon erzählt, wie schwierig es war, das Geld aufzutreiben, das Kitty verlangte, bevor sie wieder nach

London fuhr. Er mußte sich sogar zehn Pfund vom Vikar leihen."

Er lachte, als er hinzufügte: „Sicher meint man diese Art von Hilfe, wenn man davon spricht, daß die Kirche den Verdammten mit einem Tropfen Wasser in der Hitze der Hölle hilft."

Pandora drehte sich um.

„Bitte sprechen Sie nicht so", bat sie. „Vielleicht finden Sie, daß es falsch war von mir, aber sie hätte sich sonst geweigert wegzufahren, und es war unbedingt nötig, daß Sie ungestört waren."

„Und wie Sie ganz richtig glaubten, war sie von störendem Einfluß." Seine Stimme klang spöttisch.

„Es - es tut mir leid, wenn alles, was ich getan habe, falsch war", murmelte Pandora. „Ich weiß, ich sollte mich nicht einmischen, aber unter den gegebenen Umständen glaubte ich, das Beste getan zu haben."

„Von Ihrem Standpunkt aus oder von meinem?" fragte er.

„Selbstverständlich von Ihrem", erwiderte Pandora. „Das hatte mit mir nichts zu tun."

„Chart hat nichts mit Ihnen zu tun?" drängte der Graf. „Wirklich, heilige Pandora, was Sie da soeben gesagt haben, kommt einer Lüge schon gefährlich nahe."

Pandora schlug die Hände ineinander.

„Ich liebe Chart - Sie wissen, daß ich es liebe!" rief sie. „Aber es gehört Ihnen, es ist Ihr Schloß, Ihr Gut - Ihr Königreich!"

Der Graf lächelte. Er streckte ihr die Hand entgegen.

„Kommen Sie her, Pandora", bat er.

Ein wenig zögernd und nervös kam sie langsam näher und setzte sich in den Sessel, den man neben das Bett gestellt hatte, für eventuelle Besucher.

Sie sah ihn nicht an, sondern starrte auf ihre Finger.

Der Graf sah sie erwartungsvoll an. Er merkte, daß sie etwas bedrückte. „Ich warte, Pandora, und ich bin sehr neugierig, was Sie mir zu sagen haben."

„Vielleicht ... haben Sie sich schon gefragt", begann Pandora zögernd, „warum mein Onkel Augustus mir erlaubt hat, bis jetzt hierzubleiben."

„Es ist mir schon einmal durch den Kopf gegangen", erwiderte der Graf. „Aber da Sie mich so aufopfernd gepflegt haben, habe ich daraus geschlossen, daß er in einem kranken und bewußtlosen Mann keine Gefahr für seine Nichte sieht."

„Onkel Augustus war nicht persönlich hier", fuhr Pandora fort. „Ich hatte es zwar erwartet, aber er hat mir lediglich einen Brief geschrieben."

Als der Graf nichts sagte, fuhr sie fort: „Er ließ mich wissen, daß ich in Lindchester einen solchen Skandal verursacht habe, weil ich hier ins Schloß gekommen bin, daß er und meine Tante es sich nicht länger erlauben könnten, mich im Palast zu behalten."

Der Graf hob die Brauen und sagte: „Diese Handlungsweise hätten Sie aber erwarten müssen - und eigentlich haben Sie ja auch damit gerechnet, als Sie herkamen, um den Werbungen des Kaplans zu entfliehen." Er lächelte leicht, als er noch hinzufügte: „Wie waren doch Ihre Worte? Ich unterhalte mich nur mit Komödiantinnen und Dirnen, mit denen sich kein anständiger Mann in der Öffentlichkeit zeigen würde."

Pandora unterbrach den Grafen nicht.

„Sie können den Bischof jetzt nicht dafür verantwortlich machen, daß er Sie verstößt."

„Ich beklage mich auch nicht", antwortete Pandora. „Aber ich habe einige Pläne für die Zukunft. Und deshalb ... wollte ich Sie ... etwas fragen."

„Und das wäre?"

„Ich dachte, daß ich ... vielleicht ... daß Sie mir gestatten würden ... auf Chart zu bleiben."

Sie warf ihm einen kurzen Blick zu und fuhr dann fort: „Nicht etwa als Gast. Sie brauchen mich auch nicht zu sehen. Aber vielleicht könnte ich in der Küche arbeiten, oder in der Wäscherei. Ich könnte auch Mrs. Meadowfield helfen. Es gibt so viele Dinge, die ich tun könnte. Sie würden nicht einmal merken, daß ich hier bin."

„Und Sie glauben, daß Sie dabei glücklich wären?" fragte der Graf.

„In Chart Hall bleiben zu dürfen, wäre der Himmel für mich", antwortete Pandora, und ihr Gesicht hellte sich voller Hoffnung auf. „Ich verspreche Ihnen bei meiner Ehre, daß ich nichts tun werde, was Sie stören könnte. Aber ich wäre hier und könnte manchmal ..."

Plötzlich unterbrach sie sich. Um ein Haar hätte sie ihm ihre Gefühle verraten. Aber es war unwahrscheinlich, daß dem Grafen dies entgangen sein sollte.

„Was könnten Sie manchmal?" fragte er auch schon.

Pandora zögerte.

„Ich könnte die Menschen im Dorf manchmal besuchen", sagte sie schließlich.

„Natürlich", stimmte der Graf zu. „Und Sie glauben, es wäre nicht unerträglich für Sie, wenn ich mit meinen Freunden herkommen würde, die all die Dinge zerstören, stehlen und benutzen, die Sie als Heiligtum betrachten und die so viele Jahre im Besitz der Familie waren?"

„Es würde mir schon etwas ausmachen", gab Pandora zu. „Natürlich würde es mir etwas ausmachen. Aber Sie würden meine Gefühle nicht bemerken."

„Nur weil Sie es nicht aussprechen?" fragte der Graf. „Glauben Sie denn wirklich, daß ich Ihren Zorn und Ihren Ärger nicht durch das ganze Schloß spüren würde? Ich hätte ständig das Gefühl, daß Sie wie mein schlechtes Gewissen hinter mir stünden."

„Ich würde versuchen, Sie es nicht merken zu lassen."

„Wenn ich Ihnen nun aber sage, daß ich Ihre Gegenwart immer spüren werde, so sehr Sie sich auch bemühen, mir aus dem Weg zu gehen. Ich würde jede Minute Ihr Unglück, Ihre Gedanken und Gefühle wahrnehmen."

„Was wollen Sie damit sagen?" fragte Pandora. „Heißt das, daß Sie mich nicht hier haben wollen?"

„Das habe ich nicht gesagt."

„Aber ... das haben Sie ... gemeint", sagte Pandora. „Und ich habe es verstanden."

Sie stieß einen kleinen Seufzer aus, ihre Finger zitterten. Aber sie bemühte sich, ihre Stimme in der Gewalt zu halten, als sie sagte: „Dr. Graham will mir behilflich sein, Arbeit zu finden. Aber vielleicht wäre es doch das Beste für mich, von Chart fortzugehen."

„Das wäre aber sehr selbstsüchtig."

„Selbstsüchtig?"

„Wer wird mir dann die Familiengeschichte näher bringen, wenn Sie nicht mehr hier sind? Wer wird mich daran erinnern, wie sich der letzte Graf, der Graf vor ihm und der Graf davor verhalten haben?"

„Ich ... verstehe nicht, was Sie sagen wollen", erwiderte Pandora. „Sie wollen mich nicht hier behalten, und doch sagen Sie ..."

„Ich habe niemals gesagt, daß ich Sie nicht hier haben will", erwiderte er. „Ich habe nur gesagt, daß ich Ihre Anwesenheit spüren würde."

Pandora machte eine kleine, hilflose Geste mit den Händen und sah ihn mit fragenden, großen Augen an. „Dann ... sagen Sie mir doch, was ich tun soll."

Er sah sie an und ihre Blicke versenkten sich ineinander.

Dann, als sie glaubte, nichts außer den Augen des Grafen würde in der Welt existieren, flüsterte sie noch einmal: „Ich ... verstehe nicht."

Der Graf streckte ihr seine Hand entgegen. Und als stünde sie unter einem Zwang, ihm gehorchen zu müssen, legte sie ihre Hand in die seine. Er zog sie zu sich heran, und ehe sie sich dessen bewußt war, saß sie auf dem Bett und ihr Gesicht war dem seinen so nahe, daß ihr fast schwindlig wurde.

„Was ich versuche, Ihnen zu sagen, Pandora", begann der Graf. „Wenn ich wirklich in Chart leben soll - und Sie versuchen ja ständig, mir klarzumachen, daß ich das muß - dann müssen Sie hier bei mir bleiben."

Er sah den plötzlichen Hoffnungsschimmer in ihren Augen und sprach weiter: „Nicht in der Wäscherei, oder in irgendeinem Teil des Hauses versteckt, sondern bei mir."

Er fühlte, wie Pandoras Finger in seiner Hand zu zittern begannen, und sie sah ihn fassungslos an, ob sie ihn auch richtig verstanden hatte.

„Wenn wir beide hier zusammen leben", fuhr der Graf fort, „wird es in Lindchester viel zu klatschen geben, es sei denn, Sie würden diesem Haus ein wenig Seriosität verleihen."

Pandoras Blick hing immer noch an seinen Augen. „Und wie kann ich das tun?"

„Muß ich es denn wirklich buchstabieren?" fragte er. „Aber natürlich. Jede Frau hat das Recht auf die ganze Zeremonie eines Heiratsantrages."

Er sah den verwirrten und erstaunten Ausdruck auf Pandoras Gesicht, und dann sagte er ganz weich und zärtlich: „Willst du mich heiraten, kleine Pandora? Es wird zwar die Verbindung einer Heiligen mit einem Sünder sein, aber vielleicht können wir uns irgendwo in der Mitte treffen."

Es schien, als würde er sich zwingen, spöttisch und leicht zu wirken. Aber der Ausdruck seiner Augen ließ Pandora den Atem anhalten.

„Meinst du ... das denn auch ... wirklich?" fragte sie fassungslos.

Doch der Graf hatte schon die Arme um sie geschlungen und zog sie an sich.

„Ich meine es wirklich", gestand er, und seine Lippen berührten ihren Mund.

Da wußte sie, daß alle ihre Wünsche in Erfüllung gegangen waren. Alles, worum sie gebetet hatte, war erfüllt worden.

Ihre Lippen waren weich, jung und unschuldig. Der Graf hielt sein Verlangen zurück und küßte sie zärtlich, bis er ihre Erwiderung spürte und ihr Körper sich ihm entgegenstreckte.

Erstaunt nahm Pandora wahr, daß seine Küsse eine Leidenschaft und Erregung in ihr auslösten, die weitaus stärker war als alles Bisherige.

Als er sie fest an sich preßte, wußte sie, daß seine Lippen ihr all die Schönheit von Chart gaben und die Liebe dieses großen Hauses.

Schließlich hob der Graf den Kopf und sah Pandora in die Augen. Es war ihr, als hätte er sie in die Wolken hinaufgetragen.

„Ich ... ich liebe dich", flüsterte sie.

„Was hast du nur mit mir gemacht, mein kleiner Liebling?" fragte der Graf, und seine Stimme klang rauh und tief. „Ich glaube, ich hätte wissen müssen, daß dies geschieht, als ich dich zum ersten Mal im Salon sah."

„Liebst du mich denn wirklich?" fragte Pandora.

„Ich habe versucht, dich zu hassen, weil du eine Chart bist, weil du eine meiner verhaßten Verwandten bist", sagte der Graf. „Ich wollte, daß du von dem Benehmen meiner Freunde schockiert und entsetzt bist. Statt dessen war es mir nicht möglich, etwas anderes als dein Gesicht und deine Augen zu sehen. Sie haben mich eingefangen und werden mich mein ganzes Leben lang nicht wieder loslassen."

„Es ist nicht wahr ... es kann nicht wahr sein ... daß du mich wirklich willst", murmelte Pandora.

Die Tränen rannen ihr vor Überwältigung über das Gesicht.

Der Graf küßte sie fort. Dann küßte er ihre Lippen, fordernd, leidenschaftlich, als wollte er jeden Teil von ihr besitzen und zu seinem Eigentum machen.

„Ich liebe dich", gestand er. „Ich liebe dich so sehr. Auch ich kann kaum glauben, daß dies alles Wirklichkeit ist. Aber es ist wahr, mein Schatz, und wie ich dich kenne, wirst du sicher sagen, daß dies alles einem geheimnisvollen Zauber von Hall zu verdanken ist."

„Vielleicht ist es das Haus ... vielleicht die Menschen, die darin gelebt haben ... vielleicht sind es auch nur wir selbst", antwortete Pandora. „Aber als ich mich in dich verliebt habe, hätte ich niemals geglaubt, daß auch du mich lieben könntest."

„Und jetzt weißt du es?" fragte der Graf.

Sie verbarg ihr Gesicht an seiner Brust, denn es war ihr unmöglich, ihm zu antworten, von diesen wilden Gefühlen zu ihm zu sprechen, die in ihrem Innern tobten und ihr Herz zum Schwingen brachten.

Der Graf küßte ihr Haar.

„An dem Tag, als diese Schurken dich entführt hatten, und du nachher vor mir auf dem Pferd saßst, dufteten deine Haare nach Veilchen", berichtete er zärtlich. „In diesem Augenblick wußte ich, daß dies der Duft war, den ich in meinem Haus haben wollte und der auch schon immer in meinem Herzen war."

„Oh Norvin", flüsterte Pandora und dachte dabei an das starke, aufdringliche Parfüm, das Kitty und auch die anderen Frauen benutzt hatten.

Es schien, als hätte er ihre Gedanken erraten, wie schon so oft, denn er sagte: „Vergiß sie. Sie haben uns zusammengebracht und damit ihren Zweck erfüllt. Schicksalhafte, geheimnisvolle Begegnungen."

„Das ist wahr!" rief Pandora. „Aber ... Norvin ..."

Er hörte die Frage in ihren Worten und sagte: „Was ist denn, Liebes?"

„Sie sind so hübsch ... amüsant und ... attraktiv ... und ich habe Angst, daß du mich vielleicht doch zu langweilig finden könntest."

Sie sah ihn nicht an, während sie sprach, und der Graf lächelte, als er daran dachte, daß die Vergangenheit nun ein abgeschlossenes Kapitel für ihn war.

Laut sagte er: „Du stehst zwar nicht im Rampenlicht, mein Liebes, und du trinkst auch keinen Champagner bis in die frühen Morgenstunden, aber ich bin überzeugt, daß die Romanze Chart sich doch als unterhaltender erweisen wird als 'The Beggar's Opera' oder irgendein anderes Theaterstück."

Seine Arme zogen sie fester an sich. „Ich versichere dir, daß keine Hauptdarstellerin unterhaltsamer und fesselnder sein kann als du."

Sie sah ihn mit einem Ausdruck endloser Glückseligkeit an, dann fühlte sie erneut seine Lippen auf den ihren.

Er küßte sie so leidenschaftlich und fordernd, daß sie glaubte, von dem Feuer in ihrem Innern verbrannt zu werden. Ihr Herz schlug wild gegen ihre Brust.

Dann plötzlich erhob sie sich vom Bett.

„Du bist doch eigentlich ein Kranker", sagte sie, und ihre Stimme klang unsicher und atemlos. „Du solltest dich nicht aufregen."

„Ich bin aber schon übererregt", erwiderte er.

„Bin ich es, die dich aufregt?"

„Bis zum Verrücktwerden. Ich möchte dir auf der Stelle zeigen, wie sehr ich dich liebe."

Er sagte dies voller Leidenschaft und sah, wie Pandora die Röte in die Wangen stieg. Dann lachte er weich. „Mein süßer Liebling, mein kostbarer Schatz, meine unschuldige kleine Heilige, ich sollte dich nicht so erschrecken."

Er wollte sie wieder an sich ziehen, doch sie wich ihm aus und blieb außer Reichweite vor dem Bett stehen, aber ihre Augen sahen ihn voller Liebe an.

Als er sie mit geröteten Wangen, den weichen Lippen und dem Haar, das ein wenig durcheinandergebracht war, vor sich stehen sah, wußte er, daß es keine Frau auf der ganzen Erde gab, die noch lieblicher und aufregender sein konnte.

Er breitete beide Arme aus. „Komm her! Ich will dich haben."

„Du mußt jetzt vernünftig sein und auf dich aufpassen", sagte Pandora.

Aber irgendetwas Unbegreifliches zwang sie, sich vorwärts zu bewegen. Doch sie fiel nicht in seine Arme, sondern kniete vor seinem Bett. „Ist es wirklich wahr, daß du mich zur Frau haben willst? Ich habe es mir so gewünscht, daß ich einmal hier zu Hause sein würde. Es ist alles so ... wunderbar, daß ich Angst habe, es wäre nur ein Traum."

„Es ist wahr, mein Liebling", antwortete der Graf. „Aber ich brauche deine Hilfe. Bis heute habe ich alles um mich herum zerstört - ich weiß das sehr wohl - und deshalb brauche ich dich. Gott weiß, wie sehr ich dich brauche."

Pandora legte ihr Gesicht auf seine Hand, die ihre umschlungen hielt, und er fuhr fort zu sprechen: „Ich glaube, das sind die gleichen Worte, die ein Mann einer Frau sagt, wenn er ihren Körper will. Aber ich will noch viel mehr von dir."

Pandora sah zu ihm auf. Ihre Augen leuchteten.

„Ich habe so lange mit dem Haß in mir gelebt", sagte der Graf, „und das hat tiefe Spuren in mir hinterlassen. Alles was ich tat, war davon beeinflußt, und alles was ich dachte und sagte."

Er machte eine kleine Pause, bevor er fortfuhr: „Wenn ich mich einen Sünder nenne, dann übertreibe ich nicht, Pandora. Ich habe Dinge in meinem Leben getan, für die ich mich schäme. Dinge, von denen ich hoffe, daß du niemals davon erfahren wirst. Aber ich kann sie nicht ungeschehen machen oder sie aus meinem Gedächtnis auslöschen, das du wahrscheinlich meine Seele nennst."

„Es ist dir schon vergeben", sagte Pandora weich.

„Du sprichst von den Freuden im Himmel, die jene genießen werden, denen vergeben worden ist", entgegnete er. „Aber ich spreche nicht vom Himmel, Pandora, ich mache mir deinetwegen Sorgen."

Er hielt ihre Hand ganz fest, als er fortfuhr: „Du bist so vollkommen, so gut und so rein, daß es mich ängstigt."

„Wovor hast du Angst?"

„Früher oder später wirst du dich voller Abscheu von mir abwenden, vielleicht wirst du mich verlassen, denn so sehr ich mich auch bemühen werde: lang ist der Weg und steinig, der aus dem Dunkel ins Licht führt."

Die Stimme versagte ihm, als er diese Bibelworte zitierte, und sie fühlte, daß er von ihr eine Antwort erwartete.

Pandora erhob sich und setzte sich wieder auf das Bett. Sie legte die Arme um ihn.

„Du hast etwas vergessen", flüsterte sie.

„Was habe ich vergessen?"

„Daß wir beide das einzige sind, das jetzt zählt ... das einzige ... das die Dunkelheit hinweg wischt und all das Böse ... ja, sogar die Vergeltung für das, was in der Vergangenheit geschehen ist."

Der Graf zog sie näher zu sich heran. „Glaubst du, daß unsere Liebe das alles schaffen wird?"

„Bezweifelst du es?" fragte Pandora. „Wirkliche, wahre Liebe hat die Menschen, die sie gefunden haben, seit jeher erleuchtet und gereinigt."

„Und das ist die Liebe, die wir füreinander empfinden?" fragte der Graf.

„Es ist die Liebe, die ich für dich empfinde", erwiderte Pandora. „Für mich bist du immer das Gute und Schöne gewesen. Es geht mich nichts an, was vorher geschehen ist. Das einzige, woran ich denken kann, ist die Tatsache, daß wir in Zukunft immer beisammen sein werden."

Der Graf hielt sie so fest umschlungen, daß sie Mühe hatte zu atmen.

„Wir werden zusammen sein", sagte er, „und, mein Liebling, ich weiß, daß deine Liebe mir nicht das geben wird, was ich verdiene, sondern was ich mir wünsche."

„Und es wird genug sein?"

„Könnte ich mir noch mehr wünschen als dich - und natürlich einen zukünftigen Grafen von Chartwood?"

Das waren die Worte, die zu hören sie sich mehr als alles andere gewünscht hatte. Sie sah zu ihm auf und bot ihm die Lippen zum Kuß.

Im selben Augenblick verspürte sie wieder dieses Feuer, das von ihrem ganzen Körper Besitz ergriff. Der Graf küßte sie, bis der ganze Raum sich um sie zu drehen schien.

„Ich liebe dich! Oh, Norvin, wie sehr ich dich liebe", flüsterte Pandora mit schwacher Stimme. „Aber du mußt jetzt ruhen."

Schließlich gelang es ihr, sich aus seinen Armen zu befreien. Vorwurfsvoll sagte sie: „Nun sieh dir Juno an. Ich habe ihm verboten, aufs Bett zu steigen. Mrs. Meadowfield wird sicher sehr wütend sein."

Er lachte und sah den Spaniel an, der eifersüchtig um die Aufmerksamkeit des Grafen buhlte.

„Du regst dich auf, weil Juno das Kissen ruinieren könnte, das irgendwann von einer Frau angefertigt wurde, die gerade nichts Besseres zu tun hatte."

„Genau im Jahre 1706", erwiderte Pandora. „Dieses Kissen hat die Frau des zweiten Grafen angefertigt, während ihr Mann mit Marlborough im Krieg war."

Sie hatte dies ganz automatisch gesagt. Plötzlich jedoch begannen beide zu lachen.

„Selbst wenn ich dich liebe, benimmst du dich immer noch wie ein Geschichtsbuch."

Sie sah ihn ein wenig verwirrt an, da sie nicht wußte, ob er jetzt amüsiert oder vielleicht ein wenig verärgert war.

Da ergriff der Graf ihre Hand und sagte: „Ich bin ein sehr lernbegieriger Schüler, mein göttlicher, blonder Liebling, aber du mußt mir gestatten, daß auch ich dich etwas lehre, was noch wichtiger ist, als die Geschichte der Charts."

„Was ist das?" fragte Pandora.

„Ich werde dich lehren, mich zu lieben", erwiderte er. „So viel du auch über alle möglichen Dinge wissen magst, mein Liebling, ich habe den Eindruck, daß du auf diesem Gebiet der Schüler und ich der Lehrer sein sollte."

„Ich werde auch ein sehr williger und lernbegieriger Schüler sein", flüsterte Pandora.

Sie ließ sich willig von ihm in die Arme nehmen. Er küßte sie wild, verlangend und leidenschaftlich.

Draußen tauchte die Sonne den See in tiefes Gold und glitzerte an den Felsen des großen Hauses, das durch Jahrhunderte hindurch die Menschen, die in ihm gelebt hatten, beschützt und auch beeinflußt hatte.